Enquête sur les *Anges*

Une marque de La Martinière Groupe
www.lamartinieregroupe.com
ISBN 978-2-35425-231-1

FABRICE COLIN JÉRÔME NOIREZ

Enquête sur les Anges

LES CARNETS DE L'ÉTRANGE

Fetjaine

... PRÉFACE ...

Cela faisait à présent quelques mois que nous travaillions au milieu des archives de l'Institut de surveillance des phénomènes métanaturels (ISPM), avec pour mission de collecter, de synthétiser et de mettre en forme les sommes considérables de connaissances qu'elles abritent. Si l'on voulait bien excepter quelques légers désagréments dus à la poussière et à l'obscurité, aucune des avanies que nous avait prédites Uriana Metbach, l'actuelle directrice de l'Institut, ne nous avait encore frappés. Nous demeurions néanmoins sur nos gardes.

C'était un matin de janvier. Après nous avoir orientés vers les vampires, créatures dont l'étude nourrissait un nombre considérable de rayonnages et de traités, Uriana nous conduisit au sous-sol des archives, dans un réduit exigu où nous n'avions encore jamais mis les pieds. Un dialogue laconique – une spécialité de notre hôtesse – s'ensuivit.

– De quoi s'agit-il ?

– D'un sujet problématique.

– Allons donc ! Qu'est-ce qu'un sujet problématique pour l'ISPM ?

– Un domaine d'étude dont mon père, Wolfgang Füssli, ainsi que de nombreux membres de l'Institut ont toujours nié l'intérêt. Voici la clé du placard... À vous de jouer, messieurs.

Pourquoi le nier ? Cette entrée en matière avait éveillé notre curiosité. L'ouverture du placard doucha notre enthousiasme. Les étagères ne soutenaient nul bocal étrange, nul objet de culte maudit, nul incunable au titre indéchiffrable : juste des papiers, en vrac ou rangés dans des chemises.

Nous les consultâmes en hâte. Tout, ou presque, était l'œuvre d'un seul homme : un certain prêtre défroqué d'origine italienne du nom de Giacomo Neri. Et nous comprîmes bien vite pourquoi Wolfgang Füssli, le fondateur historique de l'Institut, avait pu se montrer en son temps si réticent à son égard. La créature que Giacomo Neri s'était entêté à étudier était si peu palpable que le plus immatériel des spectres passait en comparaison pour lourdement tangible. Pour tout dire, c'était la dernière entité métanaturelle que nous nous attendions à trouver dans ce sous-sol. Un moment incrédules, nous songeâmes même à quelque bizutage maison.

Giacomo Neri était angélologue, un spécialiste des anges. On pouvait l'admettre venant d'un homme d'Église, mais cela semblait plus spécieux de la part d'un membre, et de la première heure, de l'ISPM. Nous nous résolûmes pourtant à étudier en détail les documents mis à notre disposition. Quelques heures plus tard, nous commencions à réviser notre jugement. Nous avions attendu la grâce. Nous découvrions l'effroi.

Le père Neri s'est suicidé par pendaison en 1979 dans un sordide gourbi romain. Il n'a pas craint la damnation promise par un tel geste. Il savait, ou pensait savoir, en se donnant la mort, que l'enfer et le paradis ne forment qu'un unique et terrifiant royaume.

Les jours et les nuits qui suivirent resteront gravés dans nos mémoires. De la lecture du legs de Neri nous nous arrachâmes comme on s'extirpe d'une gangue humide, gorgés de théories mais dépourvus de toute certitude.

Que sont les anges, au fond ? Les lectures plus « classiques » auxquelles nous nous étions livrés par ailleurs nous paraissaient n'entretenir qu'un maigre rapport avec l'expérience du prêtre déchu. D'un côté : les êtres de lumière, les angelots joufflus, la douce lumière de Dieu. De l'autre : une riante absence de sens, le chaos et la mort. Dieu, par le prisme du père Neri, nous apparaissait comme une image pour enfants, un pantin disloqué agité derrière une vitre mouchetée. Les anges ? Des manifestations sporadiques, exogènes, porteuses d'une vérité incompréhensible et qui, de toute évidence, ne concernait en rien l'humanité.

Dire que nous étions désorientés serait un euphémisme. Nous avions étudié les anges, leur histoire, leur place dans les arts, nombre de témoignages annexes. Nous avions relu dix fois les documents de Neri, sans parvenir à établir un lien. Qu'étions-nous censés tirer de tout cela ?

Uriana Metbach s'était attendue à notre affolement. Quand nous revînmes lui poser les questions qui nous brûlaient les lèvres, elle se contenta d'abord de sourire.

– Neri a découvert des choses, finit-elle par lâcher, c'est indéniable. Mais il est devenu si étrange, vers la fin de son existence, si obsédé par ses recherches et par ses prétendues découvertes que mon père n'a eu d'autre choix que de lui couper les vivres. Pour lui, ce fut le commencement de la fin. L'angélologie au sein de l'ISPM est restée quasi lettre morte par la suite. J'ai dû intervenir personnellement pour que les études du père ne soient pas détruites mais personne, à une exception près, ne s'est plus jamais penché dessus. Pour être honnête, je voulais connaître votre réaction : savoir si le sujet attiserait votre curiosité, vous mettrait mal à l'aise. C'est manifestement le cas.

Nous ne pûmes qu'approuver.

– Je connais une autre personne, reprit-elle. Éliane Weisperger, une Suisse, la nièce d'une ancienne membre de l'ISPM. Elle vit en Italie, et gère les intérêts de sa tante.

– « Ancienne » membre ?

– Simone Weisperger est l'exception dont je vous parlais. Elle nous a quittés peu de temps après la mort de Neri – de son plein gré, pour sa part. Elle nous reprochait de ne pas l'avoir écoutée. Elle connaissait bien Giacomo et s'était souvent entretenue avec lui mais leurs vues divergeaient sur bien des points et, à la différence de son confrère, elle n'était pas obnubilée par l'angélologie ni angoissée par ses découvertes ; peut-être parce qu'elle n'a jamais cru en Dieu comme lui ? Quoi qu'il en soit, elle en savait plus que quiconque sur ses théories – de son vivant, elle s'est employée à compléter une partie de ses travaux, à les synthétiser et à les populariser, toutes proportions gardées, auprès de certains cercles occultes italiens et français. Malgré cela, les pontes de l'Institut n'ont jamais pris ses travaux au sérieux, et leurs réticences ont eu raison de sa patience. Elle est partie suivre sa propre route. Rencontrer sa nièce pourrait vous apporter beaucoup, j'en suis convaincue. Attention ! Il n'est absolument pas certain qu'elle accepte de collaborer, ni même qu'elle consente à vous recevoir, mais rien ne vous empêche de tenter votre chance. À mon avis, le jeu en vaut la chandelle.

Elle nous tendit un bout de papier sur lequel était inscrite une adresse à Rome. Nous remerciâmes, sans trop savoir à quoi nous en tenir. La semaine suivante, nous étions partis. Les dernières paroles d'Uriana ne nous avaient pas quittés. « La Bible et les récits de l'Église constitueront le socle de votre étude. Les écrits du père Neri sont la fissure dans le socle. Une lumière nouvelle, plus sombre, plus pénétrante. Éliane Weisperger pourrait vous aider à trouver votre chemin entre ces pôles antagonistes. C'est tout le mal que je vous souhaite. Et je ne vous en voudrai pas d'abandonner en cours de route. »

Un éreintant jeu de piste commença, qui faillit plusieurs fois, comme elle l'avait prévu, avoir raison de notre ténacité. Finalement, nous rencontrâmes Éliane Weisperger. Et comprîmes aussitôt que nous avions eu raison d'insister.

Il nous faut ici rendre hommage à cette femme d'exception et lui redire notre gratitude et notre respect. En tout état de cause, ce livre n'aurait pas existé sans elle.

Nous consacrons nos deuxièmes « Carnets de l'étrange » à ces êtres qui nous sont connus sous le nom d'« anges », mot dont il nous faut urgemment réviser le sens, et les dédions en premier lieu au père Neri, qui a consumé sa conscience dans le brasier allumé par les créatures les plus irréelles, les plus incompréhensibles et les plus ambiguës que l'humanité ait eu et a encore à côtoyer.

FABRICE COLIN ET JÉRÔME NOIREZ

I. Histoire des anges

« Voici ! Il arrive avec ses saintes myriades, pour juger l'univers, faire périr tout impie, confondre toute chair, pour tous les actes d'impiété qu'ils ont commis et pour les outrages qu'ont proférés contre lui les pécheurs impies. »

Livre d'Hénoch

Si nombre de créatures métanaturelles comme les vampires ou les lycanthropes arpentent physiquement notre monde, quelques-unes s'en tiennent à l'écart. Elles évoluent sur d'autres plans, d'autres dimensions. Plans subtils, dimensions supérieures, réalités parallèles, au-delà… Ces mots n'ont en soi guère de sens : ils sont autant de manières d'avouer que la nature de ces « arrière-mondes » nous est parfaitement inconnue. Les anges sont issus de ces séjours hypothétiques. Ils sont, la plupart du temps, invisibles à nos yeux. Longtemps, les religions et les dogmes les ont accaparés et se sont attribué le monopole de leur historiographie, livrant au profane des tombereaux de fables réconfortantes, réservant leurs intuitions aux cercles les plus fermés. Retracer l'histoire des anges, l'influence qu'ils ont pu exercer sur l'humanité, n'en est que plus malaisé.

Jacob quitta Bersabée et partit pour Harân. Il arriva d'aventure en un certain lieu et il y passa la nuit, car le soleil s'était couché. Il prit une des pierres du lieu, la mit sous sa tête et dormit en ce lieu. Il eut un songe : Voilà qu'une échelle était dressée sur la terre et que son sommet atteignait le ciel, et des anges de Dieu y montaient et descendaient ! [...] Jacob s'éveilla de son sommeil et dit : « En vérité, YHWH est en ce lieu et je ne le savais pas ! » Il eut peur et dit : « Que ce lieu est redoutable ! Ce n'est rien de moins qu'une maison de Dieu et la porte du ciel ! »

Genèse, XXVIII, 10-19

Voici que je vais envoyer un ange devant toi, pour qu'il veille sur toi en chemin et te mène au lieu que je t'ai fixé. Révère-le et écoute sa voix, ne lui sois pas rebelle, il ne pardonnerait pas vos transgressions car mon Nom est en lui.

Exode, XXIII, 23

Voici que mon ange ira devant toi.

Exode, XXXII, 34

Notre enfant ira bien en partant, il ira encore bien en rentrant à la maison. Le jour où il te reviendra, tes yeux verront qu'il va toujours très bien. Ne te fais pas des idées, n'aie pas d'inquiétude pour eux, ma sœur. Un bon ange l'accompagnera, il fera bon voyage, et il reviendra en bien bonne santé !

Tobie, V, 23

Il campe, l'ange de YHWH,
autour de ses fidèles, il les dégage.

Psaume, XXXIV, 8

Aucun mal ne t'atteindra, aucune plaie n'approchera de ta tente.
Car il ordonnera à ses anges de te garder dans toutes tes voies.
Ils te porteront dans leurs mains, de peur que ton pied ne heurte contre une pierre.

Psaume, LXXXXI, 12

Ne laisse pas ta bouche faire de toi un pécheur. Et ne va pas dire au Messager que c'était par inadvertance : pourquoi donner à Dieu l'occasion de s'irriter contre toi et de ruiner l'œuvre de tes mains ?

Ecclésiaste, V, 5

Car mon ange est avec vous : c'est lui qui prendra soin de vos vies.

Baruch, VI, 6

1. AU NOM DES ANGES

L'outil le plus concret pour partir sur la piste des anges est l'étymologie. Le mot « ange » vient du grec *angelos*, qui signifie messager. Au Moyen Âge, on vit naître la forme latine *angelus*. En hébreu, les anges sont appelés *malack*, que l'on peut là encore traduire par messager. Le mot « chérubin », que l'iconographie religieuse nous a accoutumés à voir sous la forme d'un petit ange, d'un angelot joufflu et potelé, découle quant à lui du mot babylonien *karibù*, qui a donné en hébreu *kcrub*, gardien. La forme française, chérubin, est apparue au Moyen Âge. Le mot « séraphin », qui désigne dans la Bible des anges possédant six ailes (« de deux ils se couvraient la face, de deux ils se couvraient les pieds, et de deux ils volaient », affirme le livre d'Isaïe) et occupant la place la plus élevée dans la hiérarchie céleste, est une forme plurielle de l'hébreu *saraph*, qui signifie brûler, mais qui peut aussi s'entendre comme venimeux ou serpent. Une étymologie pour le moins embarrassante, puisque le serpent est associé au péché originel dans la Bible, et de manière plus générale au mal.

De ce premier coup d'œil étymologique nous apprenons que les anges sont à la fois messagers et gardiens, et que les plus puissants d'entre eux sont brûlants et venimeux. Mais que gardent-ils et pour le compte de qui portent-ils des messages ? Les religions du Livre répondront évidemment : ils gardent le royaume de Dieu et délivrent ses messages aux hommes. Nous serons amenés à être moins catégoriques.

Il faut remonter avant Rome, avant la Grèce, avant Babylone, presque six mille ans en arrière, pour découvrir, dans l'extraordinaire civilisation sumérienne, un autre vocable essentiel : *apkallu*.

2. LES APKALLUS

Selon la mythologie sumérienne, les *apkallus* (ou *abgals*) étaient des demi-dieux envoyés par Enki (divinité primordiale des eaux, créateur des hommes, élan vital) pour instruire et guider l'humanité. Ils surgissaient des eaux à l'aube et y retournaient au crépuscule, s'abstenant dans l'intervalle de consommer de la nourriture. Ils sont représentés sous la forme de chimères ailées mi-hommes, mi-poissons. Enki lui-même possédait comme attribut zoologique le *sukhurmashu*, une créature à tête de chèvre et à corps de poisson. Les *apkallus* devinrent les conseillers magiques des sept grands rois de la dynastie d'Isin, chacun disposant de son propre *apkallu*, autrement dit de son propre ange gardien. Par leur intercession, les hommes apprirent les sciences, les techniques agraires et de construction, l'écriture cunéiforme, bref tout ce qui contribua au rayonnement de la civilisation sumérienne. Leurs noms nous sont connus. Ils s'appelaient Uannadapa, Uanneugga, Enmedugga, Enmegalamma, Enmebulugga, Anenlilda et Utuabzu.

Ce dernier fut l'*apkallu* du septième roi de la dynastie d'Isin, nommé Enmenduranna. Ce roi mage qui régna sur la cité de Sippar (probablement l'actuelle Abu Habbah) pratiquait la divination, en particulier l'anthropomancie (la lecture des entrailles humaines). On lui prêtait une longévité fabuleuse. On raconte aussi que, accompagné de son *apkallu*, il fut « emporté au ciel et marcha avec les dieux ». De nombreux éléments laissent à penser qu'Enmenduranna devint chez les Hébreux Hénoch ou Énoch, dont les écrits, nous allons le voir, sont d'une grande importance.

3. LE LIVRE D'HÉNOCH

On suppose que le livre d'Hénoch fut composé au IIIe siècle av. J.-C. en hébreu et en araméen. Dès l'origine, ce livre fut intégré à l'Ancien Testament. Toutefois, la chrétienté finit par le juger hérétique et il fut retiré du corpus canonique au IVe siècle apr. J.-C. Seules les Églises orthodoxes le conservèrent jusqu'au Moyen Âge. Trois versions ont circulé : slave, éthiopienne et juive. Hénoch signifie « celui qui a été initié ». Selon la Bible, Hénoch est le septième patriarche, l'arrière-grand-père de Noé, tout comme Enmenduranna fut le septième roi de la première dynastie sumérienne, peu avant le Déluge, autre point commun des deux mythologies.

Mais de quoi est-il question dans le livre d'Hénoch ? D'un voyage mystique, de considérations astronomiques et météorologiques, de songes et de visions, d'exhortations et de prophéties… Et d'anges.

4. LA RÉVOLTE DES ANGES

Le livre d'Hénoch fournit un récit détaillé de la révolte qui agita les « habitants des cieux » et du châtiment qui frappa les mutins : des événements qui ne sont que brièvement mentionnés dans la Genèse.

Un groupe d'anges, au nombre de deux cents, mené par dix chefs, dont le premier se nommait Shemyaza, décida un jour de descendre sur terre pour s'accoupler avec des femmes. Ces anges firent le serment d'assumer collectivement les conséquences de cet outrage envers Dieu et revêtirent forme humaine au sommet du mont Hermon (dans le massif de l'Anti-Liban). Ils se mêlèrent aux hommes et prirent femme. De ces unions naquirent les *nephilim*, qui sont décrits comme des géants à l'appétit insatiable, dévorant les cultures, les troupeaux et les hommes. Ces anges ne se contentèrent pas d'entretenir des relations avec des femmes. À l'instar des *apkallus* sumériens, ils enseignèrent aux hommes « les drogues, la sorcellerie, les enchantements, et les propriétés des racines et des arbres ». Bref, ils transgressèrent tous les interdits divins.

Extrait du livre d'Hénoch

Azaël enseigna encore aux hommes à faire des épées, des couteaux, des boucliers, des cuirasses et des miroirs ; il leur apprit la fabrication des bracelets et des ornements, l'usage de la peinture, l'art de se peindre les sourcils, d'employer les pierres précieuses, et toute espèce de teintures, de sorte que le monde fut corrompu. L'impiété s'accrut ; la fornication se multiplia, les créatures transgressèrent et corrompirent toutes leurs voies. Shemêhaza enseigna tous les sortilèges, tous les enchantements et les propriétés des racines. Hermoni enseigna l'art de résoudre les sortilèges, les exorcismes, la magie, la sorcellerie et les tours. Baraqial enseigna l'astrologie. Et Arataqif enseigna les signes de la terre. Shamshiel les signes du soleil, Sahriel les signes de la lune, et ils se mirent tous à révéler des mystères à leurs femmes.

Depuis les cieux, d'autres anges observaient les agissements sacrilèges de leurs frères. Il s'agissait de Michaël, Uriel, Raphaël et Gabriel. Ceux-ci se rendirent auprès du Maître du Ciel pour le prier d'agir. Dieu envoya Uriel annoncer au fils de Lamech (Noé) l'imminence du Déluge et lui montrer les moyens d'y échapper. Il ordonna à Raphaël de capturer Azaël, de lui lier les mains et les pieds, de le jeter dans le désert de Dudael (peut-être le désert du Néguev, au sud d'Israël), de le recouvrir de pierres et de l'abandonner là pour l'éternité. Ensuite, il donna ordre à Gabriel de s'occuper des *nephilim*, de les pousser à s'entre-tuer. Michaël enfin reçut comme mission d'instruire Shemêhaza du châtiment qui l'attendait, lui, les autres anges rebelles et leurs femmes, et de l'exécuter. Michaël les enchaîna sous la terre, dans « les profondeurs d'un feu qui les tourmentera sans cesse » jusqu'au jour du Jugement dernier.

On note avec curiosité le châtiment particulier qui frappe Azaël. Pourquoi ne pas l'avoir emprisonné avec les autres ?

Il semble par ailleurs que les enfants hybrides des anges déchus n'aient pas tous été balayés par la colère de Dieu. Une légende talmudique prétend que l'un d'eux aurait pu se réfugier sur le toit de l'Arche et qu'il aurait pu avoir une descendance. Peut-être s'agit-il des *rephaïm*, qui sont également mentionnés dans l'Ancien Testament et dont le dernier roi, Og, reposerait dans un cercueil de fer mesurant plus de quatre mètres de long.

La nature monstrueuse des *nephilim* est contestable. Étaient-ils vraiment des ogres à l'appétit insatiable ? Le mot *nephilim* peut être traduit par « ceux qui font tomber les autres », ce qui suggère la force, mais pas nécessairement le gigantisme. Ces enfants des anges étaient sans doute doués d'aptitudes surhumaines héritées de leurs pères, mais leur apparence comme leur comportement n'avaient peut-être rien de monstrueux. Durant son séjour céleste, Hénoch a été instruit par les anges restés fidèles. Il n'a reçu qu'une version pour le moins partiale de l'histoire. Il a d'ailleurs accepté d'intercéder en faveur des rebelles, se faisant provisoirement leur scribe, mais n'a obtenu qu'une fin de non-recevoir : « Dis-leur donc : Jamais vous n'obtiendrez grâce, ni jamais ne recevrez la paix ! »

Ces anges rebelles ont offert aux hommes la magie, l'art de la séduction, la science, la divination, les légitimes moyens de se défendre. Ils n'ont pas violé les femmes sur lesquelles ils avaient jeté leur dévolu, ils ont continué à vivre auprès d'elles en époux aimants. Et des anges fidèles, qu'avons-nous obtenu ? La colère, la destruction aveugle, les châtiments iniques... On comprend mieux dès lors que le livre d'Hénoch soit regardé par l'Église avec tant de méfiance. Certes, il célèbre le divin et ses séides, mais il instille aussi le doute dans l'esprit de celui qui le lit.

5. JACOB ET L'HOMME SANS NOM

Il est fait mention dans le Genèse d'un curieux épisode que les exégètes ont toujours eu grand-peine à interpréter : la lutte acharnée, du crépuscule à l'aube, entre Jacob et un personnage non identifié.

Jacob était le fils d'Isaac et de Rebecca. Il vint au monde en tenant fermement le talon de son frère jumeau Ésaü. Celui-ci, sorti en premier du ventre de sa mère, fut considéré comme l'aîné des deux frères, mais Jacob lui racheta ce droit d'aînesse contre un plat de lentilles. Plus tard, Jacob dut s'exiler pour échapper à la colère d'Ésaü, avant de devoir à nouveau s'enfuir, avec sa famille, car il avait cette fois provoqué la jalousie des fils de son oncle Laban.

Lors de son premier voyage, Jacob eut une vision nocturne : une échelle s'élevant vers le ciel, empruntée par des anges montant et descendant. Lors de son second périple, au terme duquel Jacob revint s'établir dans son pays d'origine et se réconcilia avec son frère jumeau, il fit une troublante rencontre. Alors qu'il se trouvait seul, à la nuit tombée, un homme vint à lui, et, pour un motif qui n'est nulle part précisé, ils se battirent jusqu'à l'aube. L'homme blessa Jacob à la hanche, mais ne put prendre le dessus. Il dit alors à Jacob que son nom serait dorénavant Israël qui signifie « celui qui a lutté avec Dieu », mais refusa de livrer le sien.

Qui était cet homme ? Un ange envoyé par Dieu, de l'avis de nombreux exégètes et artistes qui représentèrent cette scène, bien que le mot « ange » ne soit nullement mentionné dans les textes. D'autres pensent qu'il pouvait s'agir plus prosaïquement d'Ésaü en personne, venu lutter contre son frère. Ne parvenant pas à vaincre ce dernier, il aurait accepté son offre de réconciliation. Une autre hypothèse suggère que ce lutteur

Jacob demeura seul. Alors un homme lutta avec lui jusqu'au lever de l'aurore.

GENÈSE, XXXII, 24

Voyant qu'il ne pouvait le vaincre, cet homme le frappa à l'emboîture de la hanche ; et l'emboîture de la hanche de Jacob se démit pendant qu'il luttait avec lui.

GENÈSE, XXXII, 25

Il dit : Laisse-moi aller, car l'aurore se lève. Et Jacob répondit : Je ne te laisserai point aller que tu ne m'aies béni.

GENÈSE, XXXII, 26

Il lui dit : Quel est ton nom ? Et il répondit : Jacob.

GENÈSE, XXXII, 27

Il dit encore : Ton nom ne sera plus Jacob, mais tu seras appelé Israël ; car tu as lutté avec Dieu et avec des hommes, et tu as été vainqueur.

GENÈSE, XXXII, 28

Jacob l'interrogea, en disant : Fais-moi, je te prie, connaître ton nom. Il répondit : Pourquoi demandes-tu mon nom ? Et il le bénit là.

GENÈSE, XXXII, 29

Jacob appela ce lieu du nom de Peniel : car, dit-il, j'ai vu Dieu face à face, et mon âme a été sauvée.

GENÈSE, XXXII, 30

Le soleil se levait, lorsqu'il passa Peniel. Jacob boitait de la hanche.

GENÈSE, XXXII, 31

obstiné aurait pu être l'ange gardien d'Ésaü, envoyé par lui, de manière consciente ou inconsciente, pour éprouver son frère. Cette hypothèse a été défendue par le père Giacomo Neri, qui voyait dans ce récit biblique la preuve que les anges peuvent habiter, posséder les êtres humains, et, en retour, accomplir certains de leurs désirs inavoués, du moins quand ceux-ci servent leurs propres desseins mystérieux.

6. SATAN ET LUCIFER

Dans l'Ancien Testament, Satan apparaît en particulier dans le livre de Job. Ce n'est pas à proprement parler une figure maléfique, mais plutôt une sorte de procureur. Satan signifie l'accusateur ou l'adversaire. « Or, les fils de Dieu vinrent un jour se présenter devant l'Éternel, et Satan vint aussi au milieu d'eux. » Satan se distingue donc des fils de Dieu, des anges, mais il appartient néanmoins à leur cour. Quelle est exactement sa place dans la hiérarchie céleste ? Dieu le charge de mettre à l'épreuve la piété sans faille de Job. Satan le frappe des pires maux, détruit ses possessions, tue ses enfants, lui inflige une terrible maladie, mais Job conserve sa foi intacte. Dans les Évangiles, il revient tenter Jésus dans le désert, encore une fois sans succès.

L'autre nom que l'on associe, à tort ou à raison, à Satan est Lucifer (les démonologues, toutefois, les distinguent). Lucifer, qui signifie « le porteur de lumière », est le nom que les Romains donnaient à Vénus, l'étoile du matin. C'était également une divinité de la connaissance associée à Hermès et à Apollon. Ce nom n'apparaît qu'une fois dans l'Ancien Testament et se réfère à un roi babylonien qui ambitionnait de dépasser sa condition d'homme et d'approcher celle de Dieu.

On fit tardivement de Lucifer un séraphin déchu. Était-ce le Shemêhaza du livre d'Hénoch ? L'enseignement hermétique que transmit Shemêhaza aux hommes pourrait en effet le suggérer. Un autre nom vient alors à l'esprit : Samaël, le « poison de Dieu », l'ange de la mort des écrits talmudiques, que l'on dit être le nom que portait Satan avant sa déchéance. Lucifer, Satan-Samaël et Shemêhaza sont-ils une seule et même entité ? C'est en tout cas ce que pensait le père Neri, qui écrit dans l'un de ses carnets de notes : « L'enfer n'a été créé que pour servir de geôle à Lucifer-Shemêhaza, aux anges qui l'ont suivi et à leurs malheureuses compagnes terrestres. Nul ne règne sur ce lieu. »

Plus que jamais, les démons de la mythologie chrétienne se confondent avec les anges déchus. Leur nature diabolique ne serait alors qu'un mensonge savamment entretenu au cours des siècles dans le dessein de nous tenir à l'écart de leur influence et du savoir qu'ils brûlent encore de nous transmettre. C'est du moins ce dont le père Neri avait fini par se persuader...

Satan et Job : peinture de William Blake.

7. L'ANNONCIATION

Ainsi que le rapporte l'Évangile selon saint Luc, c'est à Gabriel (qui, rappelons-le, fut l'instrument de la destruction des *nephilim*) que revint la mission d'annoncer à Marie qu'elle concevrait le fils de Dieu sans que sa virginité en soit affectée. « Marie dit à l'ange : "Comment cela sera-t-il, puisque je ne connais point l'homme ?" » L'ange lui répondit : « L'Esprit saint viendra sur vous, et la vertu du Très-Haut vous couvrira de son ombre. » Dans le Coran, l'ange Gabriel répond plus simplement et autoritairement à la question de Marie : « C'est ainsi que Dieu crée ce qu'il veut. Il dit : Sois, et il est. »

Cette conception virginale d'un être s'oppose indiscutablement à la conception charnelle, terrestre, des *nephilim* par les anges déchus et leurs épouses humaines. Gabriel n'était-il vraiment qu'un messager ainsi que le veut la tradition chrétienne ? Se pourrait-il qu'il eût également été un inséminateur ? Après tout, si l'on en croit le calendrier chrétien, Jésus a été conçu le jour même de la visite de Gabriel.

Les Évangiles sont assez laconiques sur cet épisode pourtant fondamental du Nouveau Testament. Quelques récits apocryphes vinrent par la suite étoffer ce moment, mais ce furent en définitive les artistes qui établirent les éléments symboliques constitutifs de cette scène, comme le lis que tient dans sa main Gabriel ou la figuration de l'Esprit saint (qui, dans le Coran comme dans l'Ancien Testament, n'est que le souffle de Dieu, son Verbe) sous l'aspect d'une colombe.

Bien que le père Neri n'ait jamais tenu un journal chronologiquement organisé (ce qui s'en rapproche le plus n'est qu'un assemblage de notes et de copies de courriers), il paraît probable que ses premiers doutes concernant la nature réelle des anges, le début de son obsession, virent le jour après qu'il eut admiré *L'Annonciation* de Léonard de Vinci à la Galerie des Offices. Il s'empressa de confier son trouble dans un courrier adressé à un ami artiste dont l'identité, à l'exception du prénom, nous est inconnue.

Ce que Neri n'ose exprimer dans ce courrier, nous le dirons pour lui : si l'on doute de la nature divine de l'ange Gabriel, si l'on suppose qu'il a fécondé cette jeune femme nommée Marie non par le véhicule de sa chair mais par un autre moyen « occulte », alors que doit-on penser du produit de cette conception : Jésus ? Jésus, né d'une femme humaine et d'un ange, appartiendrait-il à l'espèce des *nephilim*, une forme plus raffinée (puisque conçue sans recourir à l'accouplement) et plus maîtrisée de l'antique hybridation ?

Copie d'une lettre du père Neri à un certain Andrea.

Mon cher Andrea,

J'ai visité hier la Galerie des Offices. De toutes les terribles merveilles que j'ai pu y admirer, celle qui me hante le plus est L'Annonciation peinte par Léonard de Vinci. Je sais à quel point il est difficile pour un artiste de représenter dans une même composition les choses de ce monde et les choses de l'autre monde. Léonard y parvient avec un génie inégalable. Son ange est à ce titre d'une effrayante inhumanité. Il se tient comme un fantasme tapi dans nos rêves, à la fois si distant de Marie et si proche. Et ce visage androgyne ! D'une telle froideur ! Et ses lèvres d'où semble sourdre un souffle glacé. Je ne peux me retenir de penser que ce n'est pas « Ave, Maria » qu'elles murmurent, mais plutôt un sortilège diabolique. Comparés à cet ange, les démons me semblent de braves gens. Seigneur, pardonne mes blasphèmes. Et toi, Andrea, toi qui sais deviner sous les pigments ce qui est caché, quelle est ton opinion ? Crois-tu que le malin ait pu déformer mon regard au point de voir la grâce sous l'aspect de l'épouvante ? Rassure-moi, mon frère. Dis-moi que ce n'est qu'un moment d'égarement. J'espère te rencontrer bientôt dans la douceur d'un soir romain, l'esprit libéré de ce nouveau fardeau qui ébranle si douloureusement ma foi en Jésus notre sauveur.

Ton fidèle ami.
Giacomo Neri

8. UNE HIÉRARCHIE CÉLESTE

L'idée que les anges sont organisés en une hiérarchie précise est déjà suggérée dans l'Ancien Testament, mais elle s'est considérablement diffusée dans la théologie chrétienne grâce aux écrits d'un auteur connu sous le nom du Pseudo-Denys l'Aréopagite. On ignore exactement qui il était, mais on suppose qu'il vécut à la fin du Ve siècle en Syrie.

Ce mystique décrit avec une indigeste précision l'organisation des anges dans un texte justement appelé *Le Livre de la Hiérarchie céleste.* Il écrit dans le chapitre III : « C'est pourquoi l'ordre hiérarchique étant que les uns soient purifiés et les autres purifient ; que les uns soient illuminés et que les autres illuminent ; que les uns soient perfectionnés et que les autres perfectionnent ; il s'ensuit que chacun aura son mode d'imiter Dieu. » Cette hiérarchie s'articule autour de trois groupes, eux-mêmes divisés en trois espèces, soit neuf rangs ou ordres, le plus élevé étant le plus proche de Dieu, le plus bas, le plus proche des hommes.

Le groupe le plus élevé est constitué, dans l'ordre décroissant des rangs, des séraphins, des chérubins et des trônes.

Le deuxième groupe est constitué des dominations, des vertus et des puissances.

Le dernier groupe, enfin, est constitué des principautés, des archanges et des anges.

Le Pseudo-Denys justifie que le terme d'ange puisse servir à qualifier toutes ces « intelligences », et pas seulement les créatures de dernier rang. « Or, nous disons que, dans toute constitution hiérarchique, les ordres supérieurs possèdent la lumière et les facultés des ordres inférieurs, sans que ceux-ci aient réciproquement la perfection de ceux-là. C'est donc justement que, dans la théologie, on appelle anges toute la foule sacrée des intelligences supérieures. » Il rappelle que l'élément constitutif des armées célestes est le feu, le feu qui éclaire, mais aussi le feu qui brûle, qui dévore. Et plus on monte dans la hiérarchie, plus cet embrasement est vif : « Les trônes sont de feu, les augustes séraphins sont embrasés, d'après la signification de leur nom même, et ils échauffent et dévorent comme le feu. »

Conversion de saint Denys l'Aréopagite
Gravure d'Abraham Bosse d'après une peinture de Jacques de Letin, XVIIe siècle.

L'auteur mystique avance également que, si les anges n'ont pas d'apparence, du moins pas une apparence que l'esprit humain soit en mesure d'appréhender, ils peuvent se montrer aux hommes sous diverses formes allégoriques, célébrant leur nature ignée et vigoureuse : nuées ardentes, roues de feu, lions, bœufs, aigles ou chevaux enflammés, jeunes hommes. Les ailes sont là encore un attribut allégorique : « Les ailes sont une heureuse image de la rapide course, de cet essor céleste qui les précipite sans cesse plus haut, et les dégage si parfaitement de toute vile affection. La légèreté des ailes montre que ces sublimes natures n'ont rien de terrestre et que nulle corruption n'appesantit leur marche vers les cieux. »

La description des différents rangs établie par le Pseudo-Denys l'Aréopagite, entre parenthèses leurs noms kabbalistiques, leurs gouverneurs selon la tradition angélologique.

LES SÉRAPHINS *(seraphim)*

C'est ainsi que le nom des séraphins indique manifestement leur durable et perpétuel attrait pour les choses divines, l'ardeur, l'intensité, l'impétuosité sainte de leur généreux et invisible élan, et cette force puissante par laquelle ils soulèvent, transfigurent et réforment à leur image les natures subalternes en les vivifiant, les embrasant des feux dont ils sont eux-mêmes dévorés, et cette chaleur purifiante qui consume toute souillure, et enfin cette active, permanente et inépuisable propriété de recevoir et de communiquer la lumière, de dissiper et d'abolir toute obscurité, toutes ténèbres.

Gouverneur : Métatron (parfois Lucifer).

LES CHÉRUBINS *(cherubim)*

Le nom des chérubins montre qu'ils sont appelés à connaître et à admirer Dieu, à contempler la lumière dans son éclat originel et la beauté incréée dans ses plus splendides rayonnements ; que, participant à la sagesse, ils se façonnent à sa ressemblance et répandent sans envie, sur les essences inférieures, le flot des dons merveilleux qu'ils ont reçus.

Gouverneur : Raziel.

LES TRÔNES *(aralim)*

Le nom des nobles et augustes trônes signifie qu'ils sont complètement affranchis des humiliantes passions de la terre ; qu'ils aspirent, dans leur essor sublime et constant, à laisser loin au-dessous d'eux tout ce qui est vil et bas ; qu'ils sont unis au Très-Haut de toutes leurs forces avec une admirable fixité ; qu'ils reçoivent d'un esprit pur et impassible les douces visites de la divinité ; qu'ils portent Dieu, en quelque manière, et s'inclinent avec un frémissement respectueux devant ses saintes communications.

Gouverneur : Tsaphkiel.

LES DOMINATIONS *(haschamalim)*

Ainsi le nom des saintes dominations désigne, je pense, leur spiritualité sublime et affranchie de toute entrave matérielle, et leur autorité à la fois libre et sévère, que ne souille jamais la tyrannie d'aucune vile passion. Car, ne subissant ni la honte d'aucun esclavage ni les conditions d'une dégradante chute, ces nobles intelligences ne sont tourmentées que du besoin insatiable de posséder celui qui est la domination essentielle et l'origine de toute domination.

Gouverneur : Tsadkiel.

LES VERTUS *(malalkim)*

Le nom sacré des vertus me semble indiquer cette mâle et invincible vigueur qu'elles déploient dans l'exercice de leurs divines fonctions et qui les empêche de faiblir et de céder sous le poids des augustes lumières qui leur sont départies.

Gouverneur : Raphaël.

LES PUISSANCES *(tharschisim)*

Le nom des célestes puissances rappelle l'ordre parfait dans lequel elles se présentent à l'influence divine et l'exercice légitime de leur sublime et sainte autorité. Car elles ne se livrent pas aux excès d'un tyrannique pouvoir ; mais s'élançant vers les choses d'en haut, avec une impétuosité bien ordonnée, et entraînant avec amour vers le même but les intelligences moins élevées, d'un côté elles travaillent à se rapprocher de la puissance souveraine et principale ; et de l'autre, elles la réfléchissent sur les ordres angéliques par les admirables fonctions qu'il leur est donné de remplir.

Gouverneur : Camaël.

LES PRINCIPAUTÉS *(elohim)*

Le nom des célestes principautés fait voir qu'elles ont le secret divin de commander avec ce bon ordre qui convient aux puissances supérieures : de se diriger invariablement elles-mêmes et de guider avec autorité les autres vers celui qui règne par-dessus tout.

Gouverneur : Haniel.

LES ARCHANGES *(beni-elohim)*

L'ordre des archanges appartient à la même division que les saintes principautés. Il a quelque chose de commun avec les principautés et avec les anges tout ensemble. Comme les unes, il se tient éperdument tourné vers le principe suressentiel de toutes choses et s'applique à lui devenir semblable, et mène les anges à l'unité par l'indivisible ressort d'une autorité sage et régulière ; comme les autres, il remplit les fonctions d'ambassadeur, et, recevant des natures supérieures la lumière qui lui revient, il la transmet d'abord aux anges et ensuite par eux à l'humanité, selon les dispositions propres de chaque initié.

Gouverneur : Mikaël.

LES ANGES *(aîschim)*

Les anges viennent compléter les différents ordres des esprits célestes, et ce n'est qu'en dernier lieu et après tous les autres que leur échoit la perfection angélique. Pour cette raison et eu égard à nous, le nom d'anges leur va mieux qu'aux premiers, les fonctions de leur ordre nous étant plus connues et touchant le monde de plus près.

Gouverneur : Gabriel.

9. LE LANGAGE DES ANGES

La langue des anges est évoquée par saint Paul dans le chapitre XIII de la première épître aux Corinthiens : « Quand je parlerais les langues des hommes et des anges, si je n'ai pas l'amour, je suis un airain qui résonne ou une cymbale qui retentit. »

Les anges, étant de purs esprits, n'ont pas besoin de langage pour communiquer les uns avec les autres. Les êtres humains communiquent avec des mots, qui sont des représentations symboliques de la pensée. Les êtres purement spirituels peuvent transmettre leurs pensées dans un état pur, sans besoin de médiation ou de signes (saint Thomas d'Aquin, *Somme théologique*, I. Frédéric von Lama, *Les Anges*).

Dans la tradition islamique, et selon Ahmed Moubarek, dit « Abd al-'Aziz al-Dabbagh », grand soufi illettré qui vécut à Fès à la fin du XVIe et au début du XVIIe siècle, dans le *Kitab al-Ibriz* (traduction : *Le Livre d'or pur*), il existe néanmoins une langue des anges nommée langue « siryanîte », proche de la langue des oiseaux. Selon le poète marocain, elle existe dans chaque langue et consiste en un autre sens que celui communiqué, le sens réel étant contenu dans sa prononciation et non dans son écriture. C'est également la langue des grands saints.

10. JOHN DEE, EDWARD KELLY ET LA MAGIE ÉNOCHIENNE

John Dee naquit à Londres en 1527. Son père était marchand et courtisan. Durant sa jeunesse, John Dee se consacra à l'étude des mathématiques, de l'astronomie et de la cartographie, et voyagea beaucoup à travers l'Europe.

En 1552, il rencontra à Londres un singulier personnage : Girolamo Cardano, un homme très savant (auteur du fameux *De subtilitate*) et un féru de sciences occultes à la personnalité trouble qui prétendait être habité par un esprit familier (un ange gardien ?) et posséder des dons de clairvoyance. Les deux hommes travaillèrent ensemble sur une machine à mouvement perpétuel et une gemme aux propriétés surnaturelles.

En 1555, John Dee fut arrêté pour avoir calculé l'horoscope de la reine Marie et de sa fille Élisabeth. Girolamo Cardano avait, quant à lui, établi l'horoscope du Christ en personne, ce qui lui valut, quelques années plus tard, d'être entendu par l'Inquisition romaine. Cet incident n'empêcha pas John Dee de devenir l'astrologue et le conseiller scientifique de la reine Élisabeth dès son accession au trône en 1558.

À partir des années 1580 et jusqu'à sa mort en 1608, John Dee chercha à entrer en contact avec le monde surnaturel, et, en particulier, avec les anges. Il fit appel à divers médiums, dont le plus fameux et le plus efficace fut un certain Edward Kelly. Pour converser avec les anges, Kelly et Dee utilisaient une « boule de cristal » dont la nature précise nous est inconnue (s'agissait-il de la gemme étudiée avec Cardano ou du miroir d'obsidienne encore conservé au British Museum ?) et s'appuyaient sur un rituel complexe d'inspiration chrétienne (jeûne, purification, prières). Dee se contentait en vérité de consigner les dialogues entre Kelly et les anges. Leurs principaux interlocuteurs étaient les anges et archanges fidèles du livre d'Hénoch.

Les habitants des cieux s'exprimaient dans une langue qui leur était propre et que l'on nomma par la suite langage énochien. Dee compila les communications avec les anges dans un grand nombre de manuscrits *(Mysteriorum Liber).*

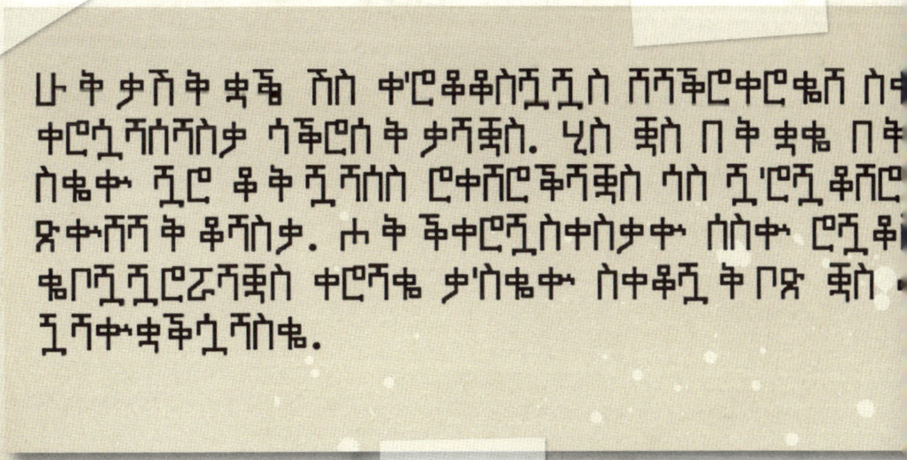

Alphabet énochien.

La collaboration entre Dee et Kelly cessa en 1589 après que l'ange Uriel eut demandé à John Dee d'échanger son épouse avec celle de Kelly. Kelly était-il un escroc, un manipulateur (il prétendait connaître le secret de la transmutation des métaux en or et on pense qu'il aurait pu être l'auteur du manuscrit de Voynich, une indéniable supercherie) ? Manipulateur, il l'était certainement, mais pas seulement. Et les rituels énochiens qu'il inventa avec Dee servent encore de socle magique à ceux qui cherchent à entrer en contact avec les anges.

LE LIBER LOAGAETH

Au sein du travail de Dee et de Kelly, le Liber Loagaeth constitue un élément résolument à part. *Loagaeth* signifierait « discours de Dieu » : l'interprétation littérale, on l'imagine, en demeure malaisée. Existe-il une langue dans laquelle les vrais noms de chaque chose seraient connus ? Kelly décrit un ouvrage présentant quarante-neuf « invocations », quatre-vingt-quinze tables de cases remplies par des lettres et des nombres, deux autres tables vierges et quatre autres tables dessinées. De toute évidence, les prétendues invocations du Liber Loagaeth ne semblent pas rédigées dans un langage articulé au sens où le profane entend ce terme. Plusieurs traducteurs se sont penchés sur cet idiome sans pouvoir en percer le sens. On remarque la présence de rimes, d'allitérations, d'une sorte de « musique sensorielle » aux vertus hypnotiques. « Chaque élément de chaque table, explique un spécialiste, peut être « reçu » de quarante-neuf manières différentes. Plusieurs occultistes en sont ainsi arrivés à élaborer leur propre langage interprétatif. Aucun, à ce jour, n'a donné entière satisfaction. » Apparemment, aucune grammaire identifiable ne sous-tend la structure du langage en question.

Le Liber Loagaeth ne met pas en scène l'avènement d'un âge nouveau sur Terre : il en articule les conditions, les renvoyant à un temps non-cyclique. Aucune instruction spécifique n'est évidemment fournie : Dieu seul possède les clés.

L'appréhension du Liber est complexe. Dee mentionne une série d'objets occultes, parmi lesquelles pierres de voyances et prismes de diverses natures. Une sorte de boule de cristal est notamment évoquée, qui soutenait Kelly dans ses visions, ou les favorisait. L'altération de conscience résultant du contact avec les pierres de voyance possédait un contrepoint matérialisé, sous la forme d'une lumière, qui venait se nicher, littéralement, au creux de son cerveau. Cette lumière permettait à Kelly de « comprendre le texte », non pas en le déchiffrant, mais en étant pénétré de son sens (il ne saurait, une fois encore, être question de traduction). La compréhension, processus intime, se dissipait dès que la lumière cessait d'agir. « C'est presque de la science-fiction », explique le professeur Jengel, qui enseigne la théologie à Lausanne, augmentée du traditionnel mysticisme kitsch. La lumière agit comme une puce électronique qui modifie les capacités réceptives de celui qu'elle visite. Dee prétendait que Kelly, lorsqu'il se trouvait ainsi « sous influence », prononçait des paroles merveilleuses et de grande sagesse, mais qu'il avait tout oublié dès que la lumière en question se retirait.

Précisions sur l'alphabet angélique

Deux versions de cet alphabet ont été établies. La première, la plus traditionnelle, peut être écrite à la main. Une seconde version a été transmise par la suite, résultant d'un système de projections lumineuses créées par les anges eux-mêmes et tracées ensuite par Kelly à l'encre noire. On ne manquera pas de souligner certaines similitudes de ces alphabets avec d'autres alphabets plus anciens – lesquels ne peuvent toutefois en être considérées comme des versions antérieures.

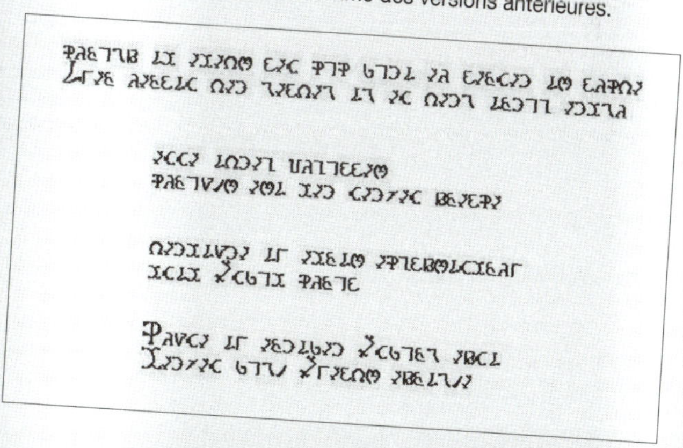

11. LES EXPÉRIENCES MYSTIQUES DE SWEDENBORG

Emmanuel Swedenborg, né à Stockholm en 1688, suivit un parcours assez similaire à celui de John Dee, quoique plus personnel, mystique et hallucinatoire. Swedenborg était un scientifique et un théologien. À l'âge de cinquante-six ans, il commença à être saisi de visions, à entrer en transe, à avoir des rêves prophétiques. Dès lors, il se consacra entièrement à ces voyages dans l'autre monde, qu'il consigna dans des dizaines d'ouvrages. Il vit le paradis et l'enfer, conversa avec Jésus, les démons, les anges et les esprits des défunts (anges, démons et âmes des morts se confondent parfois dans la conception de Swedenborg). Sa cosmogonie était très différente de celle des Églises officielles. Le ciel est divisé en deux royaumes, l'un céleste, l'autre spirituel. « Les anges dans le Royaume céleste du Seigneur l'emportent de beaucoup en sagesse et en gloire sur les Anges qui sont dans le Royaume spirituel. [...] Comme il y a une telle différence entre les Anges du Royaume céleste et les Anges du Royaume spirituel, c'est pourquoi ils ne sont pas ensemble, et n'ont pas entre eux de communauté ; il existe seulement une communication par des sociétés angéliques intermédiaires qui sont appelées célestes-spirituelles. »

Swedenborg mourut à Londres en 1772. Son œuvre eut une grande influence sur les sociétés spiritualistes qui fleurissaient en cette fin de XVIIIe siècle.

Les visions de Swedenborg évoquent fortement des états hallucinatoires psychopathologiques. Il décrit ainsi son premier épisode visionnaire : « Sur la fin de mon repas, je vis une sorte de brouillard se répandre sur mes yeux et le plancher de ma chambre se couvrir de hideux reptiles. J'en fus d'autant plus saisi que l'obscurité s'épaissit davantage. Toutefois elle s'évanouit bientôt et je vis distinctement un homme assis dans un des angles de l'appartement, au sein d'une vive et radieuse lumière. Les reptiles avaient disparu avec les ténèbres. J'étais seul, et vous pouvez vous figurer l'effroi qui me prit quand j'entendis l'homme, d'un ton bien propre à inspirer la frayeur, prononcer ces mots : "Ne mange pas tant." À ces mots, ma vue s'obscurcit de nouveau. Elle se rétablit toutefois peu à peu, et je me vis seul dans ma chambre. [...] La nuit suivante, l'homme rayonnant de lumière m'apparut une seconde fois et me dit : "Je suis

Dieu, le Seigneur, le Créateur et le Rédempteur ; je t'ai élu pour interpréter aux hommes le sens intérieur et spirituel des Saintes Écritures ; je te dicterai ce que tu devras écrire." Cette fois, je ne fus pas effrayé du tout, et la lumière dont l'homme était entouré, quoique très vive et très éclatante, ne fit aucune impression douloureuse sur mes yeux. Il était vêtu de pourpre et la vision dura environ un quart d'heure. »

De telles descriptions appartiennent au registre clinique des troubles psychosensoriels visuels et auditifs. Notons une autre description assez symptomatologique de la manière dont les anges s'adressent aux hommes : « Ils me soufflaient leur langage, mais je ne le comprenais point ; il était doux quant aux flux, je n'en avais pas perçu de plus doux auparavant ; c'était comme l'âme la plus douce ; il soufflait d'abord vers la tempe gauche et vers l'oreille gauche par en haut, et le souffle s'avançait de là vers l'œil gauche et peu à peu vers le droit, et découlait ensuite surtout de l'œil gauche, vers les lèvres ; et arrivé aux lèvres, il entrait dans le cerveau par la bouche et par un chemin au-dedans de la bouche, et c'était même par la trompe d'Eustache ; quand le souffle fut parvenu dans le cerveau, je compris leur langage, et il me fut donné de converser avec eux. »

Pour le père Neri, Swedenborg est le parfait exemple d'individu ayant servi de « champ de bataille psychique » entre les anges déchus emprisonnés et les anges fidèles, ceux-ci ayant conservé l'avantage dans la guerre de propagande qu'ils se livraient au sein même de l'esprit du mystique.

12. APPARITIONS ANGÉLIQUES ET UFOLOGIE

La tentation est grande de qualifier les anges d'extraterrestres, et cette hypothèse a nourri à l'excès une abondante littérature. Le peuple des cieux serait une espèce venue d'autres planètes et disposant d'une technologie très supérieure à la nôtre. Les apparitions, les enlèvements célestes des mystiques, les roues de feu, les phénomènes luminescents, les expériences d'hybridation suggérées par le Livre d'Hénoch et la Bible… Oui, il y a une indéniable proximité entre les anges et les extraterrestres et leurs chariots de feu.

Un exemple parmi d'autres : lors des apparitions ayant été observées à Fatima en 1917, l'un des nombreux témoins fit la description suivante : « Je pus voir le soleil semblable à un disque à bords nets, à l'arête vive, lumineux et brillant, mais n'imposant aux yeux nulle fatigue. Ce disque n'avait aucun lien de ressemblance avec la lune telle qu'on peut la voir par une nuit transparente et pure : il se voyait comme un astre vivant. À la différence de la lune, il n'était pas sphérique ; il apparaissait comme un disque plat et poli… »

Mais l'on pourrait aussi aisément inverser la proposition : et si les extraterrestres n'étaient que le nom contemporain, conforme à nos propres mythes scientifiques, des anges ? Aux États-Unis, le prêcheur fondamentaliste Bob Larson brait sur les radios de la Bible Belt que les ovnis sont des démons et que l'exploration spatiale est une œuvre satanique. Il affirme que seule notre planète a connu les grâces démiurgiques de Dieu et que tout ce qui est extérieur à la Terre est donc ange ou démon (surtout démon, selon Larson).

Le père Neri n'était pas loin de partager cette opinion. Il s'exprima publiquement à ce sujet dans le numéro 26 de la revue plutôt confidentielle *Extra Causam* dont la parution, d'ailleurs, cessa peu après. Les confidences du père Neri dans ce que Füssli qualifiait de « misérable torchon » ne furent évidemment pas du goût de l'ISPM.

Extra Causam

N° 26, MAI-JUIN 1973

ANGES & EXTRATERRESTRES ...

ENTRETIEN EXCLUSIF AVEC LE PÈRE NERI

Que répondez-vous, mon père, à ceux qui prétendent que les anges sont en réalité des extraterrestres ?

PÈRE NERI. – Les anges ne sont pas extraterrestres, mais « extramatériels ». Leur plan d'existence est d'ordre spirituel. Ils n'ont pas besoin de véhicule, ils sont leur propre véhicule, et se servent parfois des humains.

Ils n'ont pas besoin d'outils, si avancés soient ces derniers, leurs outils sont idéels.

Que pensez-vous de tous ces témoignages décrivant des êtres de lumière venus du ciel ?

PÈRE NERI. – Les anges agissent sur notre psyché. Ils n'ont pas d'apparence. Ils se modèlent selon notre culture. Autrefois, on leur prêtait des ailes. Maintenant, on dit qu'ils pilotent des soucoupes volantes. Demain, ils nous apparaîtront sous la forme de circuits imprimés.

Et les enlèvements ?

PÈRE NERI. – En effet, les anges enlèvent parfois des hommes. Ils l'ont fait avec Hénoch, Dante, Swedenborg… Et moi-même. Mais c'est dans nos songes qu'ils nous ravissent. Notre chair les a peut-être intéressés par le passé, mais, dorénavant, seul notre esprit est l'objet de leurs expériences.

Quel est, d'après vous, le but de ces expériences ?

PÈRE NERI. – La réponse est infiniment complexe, car leurs voies nous sont impénétrables. Est-il seulement raisonnable de parler de but en ce qui les concerne ? Notre langage primitif et matérialiste est incapable d'exprimer leurs desseins.

Est-ce le prêtre qui parle ou le membre de l'ISPM ?

PÈRE NERI. – L'homme, juste l'homme, l'homme qui essaie de survivre dans un monde dont l'invisible et effrayante vastitude lui échappe.

Avez-vous perdu la foi ?

PÈRE NERI. – La foi en Dieu ? Non, je la sens toujours présente, là, dans mon cœur. Sans elle, je serais si intensément glacé d'horreur que je n'aurais plus la force de quitter mon lit. Mais la foi en l'Église, oui, celle-là, je l'ai perdue. Trop de mensonges…

Alors, selon vous, les anges ne sont pas les fils de Dieu ?

PÈRE NERI. – J'ai vu une parcelle de ce qu'ils sont en réalité. En aucun cas, ils ne peuvent être issus de la création divine.

13. DES CYBERANGES SUR LE RÉSEAU ?

La prophétie du père Neri, conjecturant dans l'entretien donné à la revue *Extra Causam* sur le prochain avatar angélique, serait-elle en passe de se réaliser ? Après tout, puisque les anges sont des êtres idéels, le réseau internet leur offre un formidable champ d'action, un gigantesque esprit collectif à étudier, manipuler et « consommer ». Nous livrons à votre sagacité ce témoignage anonyme laissé sur un forum de discussions consacré à l'ésotérisme.

Posté le: Dim Sep 05, 2009 8:41 pm.

Il faut que je vous parle de ce qui m'est arrivé hier soir. J'étais en train de surfer, ça faisait deux ou trois heures. J'avais lu des trucs à droite à gauche sur les anges et je venais juste de copier-coller l'invocation à Haziel (mon ange gardien, d'après ma date de naissance). Et là, soudain, l'écran de mon PC est devenu très brillant, si brillant qu'il m'aveuglait. Et j'ai vu une forme, une silhouette avec des ailes déployées comme l'aigle sur l'emblème américain. Et puis j'ai entendu un drôle de bruit sortir de mes enceintes, comme des gens qui bavardent très vite, tellement vite qu'on ne comprend rien de ce qu'ils disent. Ensuite, mon ordinateur a planté. Tout s'est éteint d'un coup. Impossible de rebooter. Ça sentait le brûlé. J'ai démonté la tour. Mon disque dur avait cramé ! Y en a d'autres à qui un truc comme ça est arrivé ?

Posté le: Dim Sep 05, 2009 9:01 pm.

4 commentaires

Haziel, c'est pas un nom de virus ? LOL.
Anonyme

Démon : en informatique, processus chargé d'une mission (par exemple gérer un périphérique ou le réseau). Enjoy !
Anonyme

Je ne veux pas te faire peur mais j'ai un ami à qui c'est déjà arrivé et les problèmes ne se sont pas arrêtés là. Si tu me contactes en MP je te donnerai l'adresse d'un site où nous discutons de ces problèmes. En attendant tu devrais prier car c'est dans le sein de Dieu, et dans lui seul, que tu trouveras le pardon. Il est des forces que personne ne devrait chercher à réveiller.
Michel

Pauvre taré.
Anonyme

14. LA MYSTIQUE JUIVE

La Kabbale est une tradition ésotérique fondée sur l'étude de la Torah, présentée comme la Loi orale et secrète donnée par Yahvé à Moïse sur le mont Sinaï, en même temps que la Loi écrite et publique. Selon ses adeptes, la compréhension intime et la maîtrise de la Kabbale rapprochent spirituellement l'homme de Dieu, ce qui confère à l'homme un plus grand discernement sur l'œuvre de la Création.

Extrait de l'*Essai sur la Qabalah* du Dr Christian Ginsburg.

La Qabalah fut enseignée par Dieu lui-même à une compagnie choisie d'anges, qui formait une école théosophique au paradis. Après la chute des anges, la plupart communiquèrent cette doctrine céleste aux enfants obéissants de la terre afin de fournir aux protoplasmes les moyens de retourner à leur noblesse et félicité pristines.

D'Adam, elle passa à Noé puis à Abraham, l'ami de Dieu, qui émigra avec en Égypte où les patriarches autorisèrent qu'une parcelle de cette doctrine mystérieuse soit communiquée à l'extérieur. C'est de cette manière que les Égyptiens obtinrent une connaissance de la Qabalah et que les autres nations orientales purent l'introduire dans leurs propres systèmes philosophiques. Moïse, à qui fut enseignée toute la sagesse de l'Égypte, fut d'abord initié à la Qabalah dans le pays de sa naissance, mais il devint encore plus efficace lors de la marche dans le désert, quand non seulement il se voua à la Qabalah pendant les heures de loisirs pendant les quarante années, mais encore reçu des leçons d'un des anges. Par l'aide de cette science mystérieuse, celui qui donna la Loi au peuple hébreu fut capable de résoudre les difficultés qui surgirent lors de la conduite des Israélites, et ce en dépit des guerres et de la misère de la nation. Il cacha les principes de cette doctrine secrète dans les quatre premiers livres du Pentateuque. Moïse initia également les Anciens aux secrets de cette doctrine et ils la transmirent à leur tour de main en main. De tous ceux qui formèrent la chaîne continue de la tradition David et Salomon furent les plus profondément initiés à la Qabalah. Aucun, cependant, n'osa la coucher sur le papier, jusqu'à Simeon Bar Jochai, qui vivait aux temps de la destruction du second Temple... Après sa mort, son fils, Rabbi Eleazar, et son secrétaire, Rabbi Abba, ainsi que ses disciples, collectèrent les traités de Simeon Bar Jochai et composèrent le célèbre ouvrage ZHR, Zohar, la Splendeur, qui est le grand dépôt du kabbalisme.

Source : *La Kabbale dévoilée*, par S.L. McGregor Mathers.

Dans *La Clef des grands mystères…*, Éliphas Lévi donne des anges la définition suivante : « Les anges sont de lumineuses émanations personnifiées, pas par jugement ni voile, mais par l'influence divine. Les anges aspirent à devenir des hommes car l'homme parfait, l'homme-Dieu (pour le distinguer du Dieu-homme), est au-dessus de tous les anges. » Fondée sur diverses techniques de décryptage et de permutation des lettres, la kabbale révèle de nouveaux sens et de nouveaux contenus. Il est dit que tous les événements de l'histoire passée et future sont mentionnés dans la Bible et que chacun de nous y figure.

C'est ainsi qu'en étudiant un passage particulier de l'Exode (celui décrivant la traversée de la mer Rouge par Moïse et le peuple hébreu), les anciens kabbalistes découvrirent le nom des soixante-douze anges-génies des hiérarchies célestes. Les trois versets de l'Exode concernés, écrits en hébreu, sont en effet composés chacun de soixante-douze lettres. En prenant une lettre de chaque verset et en l'associant à une lettre des deux autres versets, les kabbalistes décodèrent la source du nom des soixante-douze anges représentant les Pouvoirs et Qualités divines originelles, auxquels ils ajoutèrent le suffixe *-el* donnant une force d'émissivité et d'élévation, dite masculine, et le suffixe *-iah*, lui accordant une polarité réceptive et densificatrice, dite féminine.

Les soixante-douze manifestations divines sont classées en dix ordres hiérarchiques :

1. Les *Hayoth ha Qodesh* (les Êtres saints) développent la vitalité de la création.
2. Les *Ofanim* (les Roues qui tournent) déterminent les cycles de la création et rythment le temps. Ils sont la source du Gilgoul, c'est-à-dire du Cycle des incarnations.
3. Les *Erelim* (les Héros, les Vaillants) protègent et vivifient la Jérusalem céleste.
4. Les *Hashmalim* (les Foudres) purifient les impuretés.
5. Les *Serafim* (les Brûlants) expient les péchés.
6. Les *Malachim* (les Messagers, les Envoyés) favorisent l'élévation de conscience.
7. Les *Elohim-Malakhi Elohim* (les Messagers) purifient le règne minéral.

8. Les *Beni Elohim* (les fils d'*Helohim*) président à la naissance et à la mort.
9. Les *Keroubim* (les Semblables aux enfants) sont les gardiens du seuil.
10. Les *Ishim* (les Hommes surnaturels).

Certes, le nombre réel d'entités angéliques ne saurait se limiter à soixante-douze, arguent les angélologues. Leur nombre est en fait infini. Mais chacun de ces soixante-douze génies de la Kabbale représente sans doute une énergie « pilote », à la tête d'une myriades d'entités qui lui sont subordonnées. On peut aussi considérer qu'ils constituent soixante-douze niveaux vibratoires, soixante-douze marches vers Dieu *(l'échelle de Jacob)*, soixante-douze manifestations divines ou états de la Conscience supérieure qui peuvent s'exprimer et se refléter en chacun de nous.

La mise en conscience, la mise en lumière, de chacune de ces énergies représente un cheminement vers la découverte de notre Essence, un chemin vers la réintégration du divin en soi : la Voie des anges vers Dieu.

15. LES ANGES DANS L'ISLAM

Dans l'islam, les anges interviennent surtout en tant que messagers de Dieu. Ils se montrent aux prophètes ou à d'autres figures d'importance tels Abraham, Zacharie ou Marie, la mère de Jésus. Parfois aussi, ils sont envoyés pour soutenir les croyants contre leurs ennemis. Les « anges gardiens » ou « anges scribes » existent également. La tradition veut que chaque être humain soit accompagné de deux anges : un « ange de la droite » prenant en note ses bonnes actions et un « ange de la gauche » inscrivant les mauvaises. Attestée par Allah lui-même, l'existence des anges ne saurait être remise en cause et compte au nombre des articles de foi au même titre que le Jour dernier, le Livre, les prophètes…

Trois textes coraniques mentionnent ceci : « L'homme bon est celui qui croit en Dieu, au dernier jour, aux anges, au Livre et aux prophètes » (sourate II, 177).

« Le Prophète a cru à ce qui est descendu sur lui de la part de son Seigneur. Lui et les croyants, tous ont cru en Dieu, en ses anges, en ses Livres et en ses prophètes » (sourate II, 285).

« Ô vous qui croyez ! Croyez en Dieu et en son Prophète et au Livre qu'il a révélé auparavant. Quiconque ne croit pas en Dieu, à ses anges, à ses Livres, à ses prophètes et au Jour dernier, se trouve dans un profond égarement » (sourate IV, 136).

C'est à un *hadith* (communication orale de Mahomet) que nous devons la révélation de la nature des anges : ils sont créés de lumière *(nûr)*. Le Coran nous apprend aussi qu'ils sont ailés : « Louange à Dieu, Créateur des cieux et de la terre qui prend pour messagers les Anges, pourvus de deux, de trois ou de quatre ailes » (sourate XXXV, 1). Nous savons également qu'ils sont purs, immortels et n'enfantent pas. Leur qualité fondamentale est l'obéissance à Dieu ; ils n'agissent que sur son ordre. Citons quelques versets louant la perfection des anges : « Ceux qui sont dans les cieux et sur la terre lui appartiennent. Ceux qui sont proches de lui ne se considèrent pas trop grands, pour l'adorer et ils ne s'en lassent pas. »

« Ils célèbrent ses louanges nuit et jour sans jamais s'interrompre. »

« Ils ne devancent pas la Parole et ils agissent sur son ordre » (sourate XXI, 19, 20, 27).

« Ils ne désobéissent pas à l'ordre de Dieu, ils font ce qui leur est commandé » (sourate LXVI, 6).

Des noms propres sont attribués à certains anges. Le Coran en mentionne quelques-uns et évoque leur fonction. Gabriel (Jibrîl) revient trois fois dans le Livre sacré alors que Michel (Mikaël) est cité une seule fois : « Celui qui est ennemi de Dieu, de ses anges, de ses apôtres, de Gabriel et de Mikaël, Dieu est l'ennemi des incrédules » (sourate II, 97, 98). Gabriel porte aux prophètes la Parole de Dieu, ce qui explique l'unité du Coran et des messages antérieurs. Dieu l'a notamment envoyé pour annoncer à Marie la naissance de Jésus et pour assister ce dernier dans sa mission : « Nous lui avons envoyé notre Esprit. Il se présenta devant elle sous la forme d'un homme parfait » (sourate XIX, 17, 19). De fait, les anges, dans l'Islam, sont souvent désignés sous le vocable d'« envoyés » *(rusul)* car ils sont porteurs des commandements divins. Un verset le confirme : « Dieu a choisi des messagers parmi les anges et les hommes » (sourate XXII, 75).

Lorsqu'ils descendent du ciel, les anges peuvent revêtir une forme humaine parfaite. On en veut pour exemple le moment où Gabriel se présenta à Abraham, à Loth et à Marie.

En sus de Gabriel et de Mikaël, le Coran signale l'existence de l'ange de la mort *(malâk al-mawt)* sans toutefois le citer nommément. La tradition l'appelle Azrâïl : « Dis : L'Ange de la mort auquel vous êtes confiés vous recueillera ; puis vous serez ramenés vers votre Seigneur » (sourate XXXII, 11).

De même, le Coran ne mentionne pas Isrâfil, chargé de sonner la trompette de la Résurrection ; c'est la tradition qui nous en donne le nom. En revanche, il cite Mâlik, qui commande la garde de l'enfer. Ce sera lui que les locataires de la géhenne supplieront quand ils voudront être achevés, incapables de supporter les souffrances du Feu : « Ils crieront : O Malik ! Que ton Seigneur nous achève ! » (sourate XLIII, 77).

Le Coran évoque une seule fois Harut et Marut, qui apprennent la magie aux démons. Le Livre sacré ne précise pas s'ils l'ont eux-mêmes pratiquée et ne fait pas état de leur chute du ciel. Enfin, il est question de quatre anges que le Livre saint ne nomme pas : Munkar et Nakir, d'une part, Mubabashar et Bashîr, d'autre part. La fonction des deux premiers consiste à interroger dans leur tombe, la nuit de leur enterrement, les mécréants et les croyants ayant commis de graves péchés. Le rôle des deux autres est d'interroger les fidèles qui n'ont commis aucune faute.

Il existe d'autres anges aux noms inconnus. Certains ont pour mission d'interdire l'accès du ciel aux démons : « Nous avons décoré le ciel le plus proche d'un ornement d'étoiles afin de le protéger contre tout démon rebelle. Les démons ne peuvent écouter les chefs suprêmes, car ils sont harcelés de tous côtés ; ils sont repoussés ; ils subiront un châtiment perpétuel à moins que l'un d'eux ne saisisse au vol quelque chose ; mais il serait alors atteint par un bolide flamboyant » (sourate XXXVII, 6-10). D'aucuns descendent dans la Nuit du Décret pour régler toute chose : « Les Anges et l'Esprit descendent durant cette Nuit, avec la permission de leur Seigneur, pour régler toute chose » (sourate XCVII, 4).

Il est des anges, on l'a vu, chargés de tenir le compte des actions quotidiennes des humains : « Pensent-ils que nous n'entendons pas leurs secrets et leurs confidences ? Bien au contraire ! Nos envoyés placés auprès d'eux consignent tout par écrit » (sourate XLIII, 80). Appelés *hâfiz* (ceux qui consignent ou qui retiennent), ils surveillent consciencieusement les hommes auxquels ils rappelleront le jour du Jugement leurs moindres faits : « Il est le Maître absolu de ses serviteurs. Il envoie vers vous ceux qui enregistrent vos actes. Ainsi lorsque surviendra l'heure de la mort pour l'un d'entre vous, nos envoyés le rappelleront aussitôt, car ils ne sont pas négligents » (sourate VI, 61). « Bien au contraire ! Vous traitez de mensonge le Jugement, alors que des gardiens veillent sur vous : de nobles scribes qui savent ce que vous faites » (sourate LXXXII, 9-12). « Un gardien se tient auprès de chaque âme » (sourate LXXXVI, 4).

Les anges peuvent assister les croyants. Le cas échéant, ils se transforment en armée invisible et aident les *mudjâhidîn* dans leur lutte contre les infidèles : « Lorsque tu disais aux croyants : Ne vous suffit-il pas que votre Seigneur vous aide avec trois mille de ses anges descendus vers vous ? » (sourate III, 123, 124).

Les anges possèdent des fonctions au ciel, sur terre et aussi dans l'au-delà. Il existe des gardiens du feu, au nombre de dix-neuf. Au Jugement dernier, huit anges porteront le Trône de Dieu : « Les Anges se tiendront sur ses confins, tandis que ce jour-là huit d'entre eux porteront le Trône de ton Seigneur. »

D'autres accueilleront les heureux au paradis ou précipiteront les damnés dans la fournaise et participeront à leurs supplices : « Si tu voyais les Anges emporter les incrédules ! Ils frapperont leurs visages et leurs dos : "Goûtez le châtiment du Feu pour prix de ce que vous avez fait." Dieu n'est pas injuste envers ses serviteurs » (sourate VIII, 50, 51). Certains anges auront un pouvoir d'intercession. Ils imploreront Dieu afin qu'il pardonne aux repentis. Cette intercession ne concerne bien sûr que les croyants : « Dieu sait ce qui se trouve devant et derrière eux ; ils n'intercèdent qu'en faveur de ceux que Dieu agrée et ils sont pénétrés de crainte » (sourate XXI, 28). Le Coran, cependant, le précise : « Que d'anges dans les cieux dont l'intercession sera inutile sinon après que Dieu l'aura permise pour qui il voudra et avec son agrément » (sourate LIII, 26).

16. PETIT TOUR DU MONDE DES ANGES

Le judaïsme, le christianisme et l'islam ne sont pas les seuls systèmes cosmogoniques à donner une importance à l'existence des anges. Il existe dans toutes les cultures des entités qui s'en rapprochent, que ce soit par l'apparence ou par la fonction. En vérité, tous les esprits du chamanisme (souvent des oiseaux), de l'animisme, les génies (les *genius* romains que l'on représente sous l'aspect de jeunes garçons pourvus d'ailes), les familiers des magiciens, les entités psychopompes ou les intercesseurs invisibles du spiritisme participent peu ou prou de l'ange. Les cataloguer constituerait une tâche immense. Nous nous contenterons de présenter ici quelques exemples.

Arabie : djinns

Les anges judéo-chrétiens, on l'a noté, sont présents dans le Coran, et leurs fonctions sont globalement similaires à celles décrites dans la Bible. Il convient toutefois de considérer une autre entité, d'origine préislamique : les djinns. Selon le Coran, si les anges ont été créés à partir de la lumière, les djinns l'ont été à partir du feu. Ils sont réputés vivre dans les lieux désertiques, abandonnés des hommes. Ils sont invisibles, mais peuvent prendre forme humaine ou animale et se mêler provisoirement aux hommes. La figure maléfique d'Iblis (Satan) nous éclaire sur la fragilité de la différenciation entre anges et djinns. Dans le Coran, Iblis est parfois djinn, parfois ange, ou djinn anobli au rang d'ange. Son refus de se prosterner devant Adam lui a valu la déchéance. Les djinns n'ont pas d'autre pouvoir que de murmurer à l'oreille des hommes, autrement dit de les influencer subtilement, particulièrement quand ceux-ci sont en état de souillure, de faiblesse mentale induite par l'impiété ou la consommation d'alcool. Les djinns sont les auxiliaires privilégiés des magiciens, car ils ont un certain don de prophétie ou de prescience.

EUROPE DU NORD : Walkyries

Dans la mythologie norroise, ces femmes ailées vêtues comme des guerriers survolent les champs de bataille. Elles décident du destin des combattants et emportent ceux qui ont rencontré une mort valeureuse au Walhalla pour qu'ils se mêlent à l'*einherjar*, la foule des guerriers héroïques sur laquelle règne Odin. Elles ont une fonction proche de celle des kères de la mythologie grecque, avec toutefois une apparence plus glorieuse et céleste, les kères tenant plus de la harpie ou de la goule.

EXTRÊME-ORIENT : *tengus* et *tian-gous*

Les *tengus* sont des créatures du folklore japonais, considérées parfois comme des *kamis* (des divinités shintoïstes), parfois comme des *yokaïs* (des monstres surnaturels) et leurs rôles varient d'une époque et d'une région à l'autre. On les représente en général avec un long nez ou un bec, une peau rouge et des ailes de corbeau, ou bien sous la forme d'un oiseau monstrueux. Ils ont le pouvoir de métamorphose et peuvent directement s'adresser à l'esprit d'un humain et hanter ses rêves. Le nom *tengu* dérive du chinois *tian-gou*, qui signifie « chien céleste » et se rapporte à un phénomène astronomique comme la chute d'un météore ou une éclipse de soleil.

INDE : *gandharvas* et *apsaras*

Les *gandharvas* et les *apsaras* sont des esprits proches des dieux dans l'hindouisme. Les premiers sont les époux des secondes. Les *gandharvas* réjouissent les dieux par leurs talents musicaux. Ils gardent le précieux *soma*, la boisson divine, et servent également de messagers entre les dieux et les hommes. Symboliquement, le cheval est l'animal qui leur est associé. Les *apsaras* sont danseuses ou musiciennes et on les dit d'une beauté sans pareille. L'animal qui leur est associé est le cygne.

Russie : *alkonost*

L'*alkonost* est une créature de la mythologie slave qui évoque la harpie. Elle possède le visage et le buste d'une femme séduisante et le corps d'un oiseau. On la relie au culte du dieu solaire Khors. Selon les orthodoxes russes, elle est l'instrument de la volonté de Dieu, son messager, à l'instar des anges, et certains la classent parmi les archanges. Elle possède aussi une fonction psychopompe. Elle guide les âmes sur la voie de la vie éternelle. Dans l'imagerie populaire russe, elle est souvent représentée tel un hybride entre une sirène à corps de poisson, un ange et une vierge chrétienne. Dans le Livre d'Hénoch, il est dit que les femmes des anges déchus ont été changées en sirènes (rappelons que, dans la tradition antique, les sirènes ont un corps d'oiseau). L'*alkonost* serait-elle une manifestation de ces malheureuses ? Deux autres femmes ailées jouent également un rôle dans la mythologie slave : Gamayun, qui a le pouvoir de prophétie, et Sirin, qui est d'une nature plus maléfique, car son chant fait perdre la mémoire aux hommes.

II. Les anges dans l'art

La représentation des anges est naturellement associée aux religions monothéistes, dans lesquelles un Dieu unique communique avec les hommes par l'intermédiaire des messagers. Peu à peu, et de manière progressive, ce statut s'élargit, gagne en richesse et en profondeur : de simples messagers de Dieu, les anges deviennent garants de sa parole, puis gardiens et protecteurs d'un peuple... jusqu'à l'assignation d'un ange à chaque individu (les anges gardiens). Cette progression, de l'Absolu à l'Intime, correspond bien à la volonté de certains anges, telle qu'elle est mise en évidence ailleurs dans ce livre, de se mêler du monde et des affaires des humains.

Parallèlement, la religion articule un contre-pouvoir, un envers nocturne au monde des anges, puisant dans les traditions païennes. C'est ainsi que l'ange devient démon, ou ange déchu. La figure de Satan, ou Lucifer, émerge : ange déchu, accusateur, tentateur ultime, le « porteur de lumière » symbolise la rébellion contre le principe créateur. Il est associé au serpent qui tente Ève au paradis. Son royaume est l'enfer. Avec la lumière, d'une certaine façon, arrive la mort.

Être spirituel par excellence, évoqué dans les textes sacrés comme une créature immatérielle dépourvue de substance corporelle, l'ange voit sa représentation considérablement varier en fonction des époques et des traditions. La représentation connue la plus ancienne d'un ange se trouve dans la catacombe de Priscilla, à Rome, datée du IIIe siècle. Il s'agit d'un ange sans ailes. D'autres représentations comparables, sur des sarcophages, des lampes, des reliquaires, existent également. La première représentation d'un ange ailé se trouve peut-être sur le sarcophage du Prince, découvert à Sarigüzel, près d'Istanbul, dans les années 1930, et que les archéologues font remonter à l'époque de Theodosius Ier (378-395). À partir de cette date, à quelques exceptions près, les anges sont représentés ailés, comme dans le cycle de mosaïques de la basilique Sainte-Marie-Majeure de Rome (432-440). Les anges à quatre ailes, parfois à six, que l'on peut observer sur les pendentifs des dômes et semi-dômes des églises, sont souvent inspirés de l'art perse. D'autres – au premier rang desquels l'archange Michel – sont représentés sous forme de soldats et portent des uniformes antiques, parfois semblables aux robes de la garde rapprochée de l'empereur de Byzance. On retrouve ces tenues jusque dans la période baroque et dans les représentations de l'Église orthodoxe. Ailleurs, les anges sont vêtus de façon plus conventionnelle, portant des vêtements semblables à ceux des diacres – chapes et dalmatiques, notamment dans les Annonciations mettant en scène Gabriel, comme celle de Jan Van Eyck, qui se trouve à Washington.

Mosaïque de la basilique Sainte-Marie-Majeure de Rome.

Jusqu'au Moyen Âge, ce sont les spéculations philosophiques et théologiques qui prédominent dans les représentations : la plupart du temps, l'ange est représenté avec un visage humain, tantôt figure aptère, c'est-à-dire dépourvue d'ailes (un cheval ou une échelle lui permet alors de se déplacer), tantôt pourvu d'ailes, indiquant ainsi sa capacité à se déplacer à travers les mondes.

La représentation artistique des anges est avant tout pour l'Église une façon de propager ses concepts. L'âme est alors l'objet de toutes les convoitises : le théâtre intime où s'affrontent les forces du bien et du mal.

Le Jugement dernier, censé mettre un terme à ce combat en séparant les élus des damnés, donne naissance à une abondante iconographie,

Annonciation de Jan Van Eyck.

qui acquit ses traits définitifs à Byzance, puis en Occident, dès le IXe siècle. Un exemple éclatant de cette représentation figure sur la façade occidentale de Notre-Dame de Paris. L'archange saint Michel, ailes déployées, lève haut la balance, insensible aux manigances des démons grouillant à ses pieds. Au portail central de la cathédrale de Bourges, l'archange départage pareillement la cohorte des maudits de la troupe des élus, confiants et radieux. Tirée de la croyance juive voulant que les anges conduisent les morts au paradis, la notion de l'ange psychagogue, se manifestant aux âmes pures à l'heure de leur trépas, est elle aussi très tôt popularisée, et les scènes d'élévation de l'âme sont légion dans les œuvres d'art roman et gothique.

L'iconographie chrétienne, privée de repères réels (les descriptions de la Bible sont particulièrement vagues), puise son inspiration dans la statuaire des génies ailés du monde grec ou romain. L'ange arbore des traits masculins, est vêtu d'une robe ou d'un drapé blancs pour évoquer la lumière (bleus chez les Byzantins). Il sera, par la suite, doté d'un attribut d'importance : l'auréole. On le voit rarement en train de voler dans l'immensité des cieux. Sa posture est plutôt celle de l'attente, debout ou en lévitation, proche de Dieu ou de celui qu'il doit aider. Pendant tout le Moyen Âge, la tradition demeure : la minceur des corps, la pudeur des regards.

À la fin du Moyen Âge, les humanistes se détournent des forces obscures pour s'intéresser à l'homme. Les anges se transforment peu à peu sous la pression d'un réalisme antique exacerbé.

L'ange prend alors des allures d'adolescent d'une grande beauté, prêt à se confondre avec Éros. L'ange a la beauté du « diable », un être tout à fait terrestre et sensuel. C'est également l'époque des décors architecturaux intérieurs dotés de vastes perspectives. Les cieux et les constructions en contre-plongée ornent les palais. Aux « anges-éphèbes » saisis en plein vertige d'apesanteur s'associent des *putti* espiègles et potelés mis en scène.

Au fur et à mesure que les représentations de l'ange foisonnent, celui-ci devient un motif purement ornemental, dépourvu de pensée sacrée et de sens. Le baroque des XVIIe et XVIIIe siècles accorde une place de choix à l'angelot au visage enfantin et joufflu ; les chérubins ailés se multiplient dans la peinture comme une astuce permettant de mieux rendre la perspective. L'ange ornemental est à son comble, tandis que le diable disparaît des représentations picturales.

Peinture de Gustave Moreau, 1826-1898.

A contrario, le XIXe siècle romantique prête à l'ange les traits de la figure féminine irréelle et fragile. Les préraphaélites, les symbolistes comme Gustave Moreau mais aussi l'Art nouveau affectionnent ces représentations angéliques féminines, expression d'un imaginaire pur et exalté.

Parmi les représentations et les allégories les plus fréquentes, l'image de l'archange Michel, chef dc la milice angélique, revient fréquemment. C'est le plus grand des anges : on le représente en guerrier combattant le dragon, symbole de forces du mal. Satan, lui, est l'ange déchu ; au début du christianisme, il est montré en serpent (tentation d'Adam et Ève au jardin d'Éden), puis en faune, satyre ou centaure. Plus tard, il sera évoqué sous forme d'allégories du péché ou du vice telles que le chien noir.

Quand ils ne sont pas gardiens ou messagers, les anges sont musiciens. On les voit avec cors et trompettes pour sonner l'heure de la Résurrection dans les représentations médiévales. Progressivement, ils sont munis de toutes sortes d'instruments : on retrouve alors le thème du chœur céleste.

Plus près de nous, l'art contemporain représente une façon nouvelle et souvent novatrice d'aborder la question des anges. Nous passerons rapidement sur les présentations kitch et tristement figuratives, dont

Œuvre du vidéaste hollandais Albert Krettens, 1976.

certains artistes se sont fait une spécialité, pour nous pencher sur des initiatives plus étranges, ambitieuses et, parfois, participatives.

Le vidéaste hollandais Albert Krettens, par exemple, au milieu des années 1970, se fait connaître pour ses projections hypnotiques représentant des « courants angéliques », traits de lumières stroboscopiques censés figurer « le déplacement et l'énergie » de créatures par lui-même observées. Deux accidents cardiaques et la saisie d'une quantité importante de psychotropes sur le lieu même d'une performance, à Gstaad, sonneront le glas de Krettens, qui réapparaîtra plus tard, dit-on, sous une autre identité. Plus près de nous, il faut souligner l'œuvre du Gallois Amon Pulis, ethnologue, photographe et réalisateur. À travers ses travaux et la disposition symboliste de ses clichés, Pulis tisse des espaces oniriques et invite le spectateur à s'immerger dans un univers où « réalité, mysticisme et surnaturel [selon un journaliste londonien] s'entremêlent avec une vigueur inédite ». Ses expositions, à Rotterdam, Stockholm, Reykjavík et Marseille, au cours des années 1990, ont attiré un public curieux et lui ont valu les honneurs de la presse spécialisée. Depuis plusieurs années cependant, Pulis semble s'être retiré de la scène artistique.

Le Canadien Wyatt Matthew, de son côté, propose à une clientèle triée sur le volet une « expérience vivante » dans une forêt de l'Ontario où réside, selon lui, une colonie d'anges bannis. Les participants, moyennant quatre mille dollars par personne, sont invités à laisser libre cours à leurs pulsions expressives et à « capter les vibrations » émises par les habitants des lieux pour les retranscrire en messages intelligibles pour les générations futures. Surveillé par le Bureau de documentation sur les sectes et les religions de Montréal, Matthew a déjà été inculpé à plusieurs reprises de détournement de mineurs, mais systématiquement relaxé. Il se déclare protégé par une influence divine.

« Expérience vivante » en forêt, du Canadien Wyatt Matthew.

Mises en garde de l'Église

1161 Suivant la doctrine divinement inspirée de nos saints Pères et la tradition de l'Église catholique, dont nous savons qu'elle est la tradition de l'Esprit saint qui habite en elle, nous définissons en toute certitude et justesse que les vénérables et saintes images, tout comme les représentations de la Croix précieuse et vivifiante, qu'elles soient peintes, en mosaïque ou de quelque autre matière appropriée, doivent être placées dans les saintes églises de Dieu, sur les ustensiles et vêtements sacrés, sur les murs et les tableaux, dans les maisons et dans les chemins, aussi bien l'image de Notre-Seigneur, Dieu et Sauveur, Jésus-Christ, que celle de Notre-Dame, la toute pure et sainte Mère de Dieu, des saints anges, de tous les saints et des justes*.

* Cc. Nicée II : Denzinger-Schönmetzer 600.

1162 « La beauté et la couleur des images stimulent ma prière. C'est une fête pour mes yeux, autant que le spectacle de la campagne stimule mon cœur pour rendre gloire à Dieu*. » La contemplation des icônes saintes, unie à la méditation de la Parole de Dieu et au chant des hymnes liturgiques, entre dans l'harmonie des signes de la célébration pour que le mystère célébré s'imprime dans la mémoire du cœur et s'exprime ensuite dans la vie nouvelle des fidèles.

* S. Jean Damascène, imag. I, 27.

Catéchisme de l'Église catholique, Mame-Plon, Paris, 1992.

III. Des preuves matérielles ?

1. RENCONTRES À TRAVERS L'HISTOIRE

Depuis la nuit des temps, saints et mystiques entretiennent, ou prétendent entretenir, des rapports privilégiés avec les anges. La nature de ces rapports suffirait sans doute à remplir plusieurs volumes… et n'éclairerait pas plus le profane. Nous évoquons ici quelques cas parmi les plus connus – ceux sur lesquels le père Neri et, dans une moindre mesure, Simone de Weisperger se penchèrent initialement dans le cadre de leurs études.

Sainte Angèle de Foligno (1248-1309)

Angèle de Foligno, après avoir perdu son époux et ses sept enfants, vécut en recluse dans une minuscule cellule, où elle fut assaillie de visions angéliques. Elle est l'une des premières grandes mystiques reconnues par l'Église romaine. Ses expériences furent consignées par le frère Arnaud, moine franciscain, auteur d'un *Livre des visions et instructions*. Ses confessions, en apparence, sont une ode à la gloire de Dieu. « La présence des anges m'inonda d'une telle joie que, si je ne l'avais pas sentie, je n'aurais pas cru la vue des anges capable de la donner. »

Sainte Françoise Romaine (1386-1440)

Sainte Françoise Romaine est peut-être la mystique la plus savante en matière d'angélologie. Elle voyait les anges sortir des mains du Créateur

« comme lorsque tombe la neige et qu'il y a dans l'air tant de flocons rassemblés ». Son ange gardien, prétendait-elle, la suivait en permanence. Il l'avertissait de ses manquements, et parfois même la châtiait, si ses actions n'étaient pas bénies de Dieu.

Sainte Thérèse d'Ávila (1515-1582)

Figure incontournable de la spiritualité chrétienne, la grande mystique espagnole voit, un soir d'avril 1560, un ange apparaître à ses côtés et lui transpercer le cœur (c'est la transverbération, immortalisée par la sculpture de Bernin). « J'ai vu dans sa main une longue lance d'or, à la pointe de laquelle on aurait cru qu'il y avait un petit feu. Il m'a semblé qu'on la faisait entrer de temps en temps dans mon cœur et qu'elle me perçait jusqu'au fond des entrailles ; lorsqu'il la retirait, il me semblait les emporter avec elle, et me laissait toute embrasée d'un grand amour de Dieu. La douleur était si grande qu'elle me faisait gémir ; et pourtant la douceur de cette douleur excessive était telle qu'il m'était impossible de vouloir en être débarrassée. L'âme n'est satisfaite en un tel moment que par Dieu et lui seul. La douleur n'est pas physique, mais spirituelle, même si le corps y a sa part. C'est une si douce caresse d'amour qui se fait alors entre l'âme et Dieu, que je prie Dieu dans sa bonté de la faire éprouver à celui qui peut croire que je mens » (chap. XXIX, 17e partie).

Après sa mort, les médecins confirmeront que l'organe cardiaque avait bel et bien été atteint.

Sainte Marguerite Marie Alacoque (1647-1690)

Sainte Marguerite Marie Alacoque contribua partiellement à l'instauration du culte du Sacré-Cœur. Elle est connue pour s'être livrée à des mortifications particulièrement dégradantes, au point qu'une revue catholique du début du siècle suggère qu'elle était atteinte de théomanie (délire mystique accablant un sujet persuadé d'être habité par la puissance divine). Dans une lettre du 10 août 1689 adressée au père Jean Croiset, Marguerite déclare que Dieu désire une union entre les anges et les hommes. Trois apparitions du Christ se succèdent. Dans l'une d'elles, des séraphins l'entourent, qui l'invitent à s'unir avec eux dans « la louange du divin cœur ».

Antoine-Joseph Pernety, dit dom Pernety (1716-1796)

Né en 1716 à Roanne, dom Pernety était un esprit curieux de tout, maîtrisant aussi bien l'herboristerie que les langues anciennes, l'astrologie que l'angélologie. Il découvrit l'hermétisme, dit-on, en 1757, dans la bibliothèque de l'abbaye de Saint-Germain-des-Prés. On lui doit un *Dictionnaire mytho-hermétique* (1758), ainsi que des traductions de Swedenborg. Bénédictin défroqué, il créa l'ordre de la Nouvelle Jérusalem et organisa des cérémonies théurgiques en Prusse, après que Frédéric II l'eut nommé conservateur de la Bibliothèque de Berlin. Transfiguré par les révélations d'Elias Artista, l'Esprit Radiant, Ange des Rose-Croix – personnage immortel traversant les âges et distillant une sagesse immémoriale –, ainsi que par la doctrine de Swedenborg, il fonda un rite hermétique associant magie divine, théurgie et exorcismes. Fondateur des Illuminés de Berlin, il fut forcé de revenir en France et accueilli en sa demeure par un certain marquis de Vaucroze, près d'Avignon. Au sein du temple du mont Thabor, des visions angéliques furent attestées par de nombreux témoins, mais cessèrent en 1793, à la suite du vote de la loi des suspects.

Antoine Fabre d'Olivet (1768-1825)

Écrivain ésotérique particulièrement versé dans la musicologie et les langues anciennes, Fabre d'Olivet pratiquait à son domicile des rites bien mystérieux. D'origine protestante, il avait été initié par une secte pythagoricienne de la vallée du Rhin. En 1805, il épousa Marie Warin, qui était un excellent médium, et fut associée à ses pratiques. Dans *Lettres à Sophie sur l'Histoire*, il évoque des anges rebelles punis par Dieu et enfermés dans des corps de mortels, fomentant une tragique rébellion. Fabre d'Olivet mourut au pied de son autel, foudroyé par une force mystérieuse – peut-être après s'être livré à des pratiques occultes relevant des Mystères d'Éleusis. Le père Neri évoque les sanglantes machinations d'un « ange de noirceur ».

Anne Catherine Emmerich (1774-1824)

À l'âge de cinq ans, cette grande mystique visionnaire reçoit une vision de la création de l'univers : « Je vis d'abord un espace infini de lumière s'étendre devant moi et dans cette étendue, comme un globe encore plus lumineux dans lequel je perçus l'unité de la Trinité : alors apparurent sous le Globe les Chœurs des esprits célestes, tels des cercles concentriques ou anneaux, s'étendant à l'infini, resplendissants de lumière, de force et de beauté. Ce monde de lumière se tenait comme un soleil sous le premier globe et d'emblée tous ces Chœurs angéliques se portèrent vers celui-ci dans un élan d'amour. » En 1812, elle fait l'expérience des derniers stigmates de la Passion et ne se nourrit pratiquement plus que de l'eucharistie. Son récit de la chute des anges rebelles est assez éloquent : « Je vis soudain une partie de ces cercles s'immobiliser en eux-mêmes. Ils se tenaient immobiles dans leur beauté et ils en conçurent une volupté égoïste et, considérant que toute beauté était en eux, ils se replièrent et se fixèrent en eux-mêmes. »

Sainte Gemma Galgani (1878-1903)

En Italie, Gemma Galgani, jeune femme d'une beauté quasi surnaturelle, lévitait et dialoguait avec son ange gardien. Obéissant à un ordre de son confesseur, elle cracha un jour sur son ange. Celui-ci ne manifesta aucune réaction mais, aux pieds de la jeune femme, là où était tombé le crachat, surgit une rose blanche sur les pétales de laquelle apparaissait une inscription tracée en lettres d'or : « On reçoit tout de l'Amour. »

Johann Baptist Reus (1868-1947)

Missionnaire allemand au Brésil, ce jésuite, sujet à des crises d'hyperthermie mystique, vivait en permanence dans le monde angélique

notamment lorsqu'il disait la messe. Son journal *(Tagebuch)*, accompagné de croquis, est parvenu jusqu'à nous et témoigne des grandioses et exaltantes visions de son auteur. « J'ai vu à mes côtés deux anges, adorant avec moi le Sauveur qui était dans mon cœur. C'étaient, je crois, deux séraphins. »

Gabrielle Bitterlich (1896-1978)

Simple mère de famille autrichienne, cette jeune femme reçut très tôt d'extraordinaires visions du monde angélique. Elle fit la connaissance de son ange gardien à l'âge de quatre ans. En 1947, elle entra en contact avec un autre ange, qui lui déclara : « Appelle-moi Flèche d'Amour de Dieu, je suis prêt à t'aider. » Deux ans plus tard, un esprit céleste nommé Œil de Dieu lui demanda d'écrire dans l'obscurité, agenouillée devant sa commode. En moins de trois semaines, il lui dicta une série de révélations à partir desquelles elle rédigea trois traités : *Le Royaume des Anges*, *Le Royaume des Démons*, et *L'Activité des deux domaines*. Ces trois ouvrages servirent de socle à l'édification de l'Opus Angelorum, une fondation dont l'objectif était précisément de promouvoir la dévotion aux saints anges. Des écrits démonologiques y furent adjoints, dont un manuel donnant les noms de deux cent cinquante démons, chacun muni de son évocation. Selon ces écrits, chaque démon pouvait être activé en vertu des vibrations engendrées lorsque l'on prononçait son nom et incité à nuire par la puissance de son rayonnement et dans sa sphère d'influence. L'Opus finit par être condamné par l'Église pour danger d'illuminisme et (estime le père Neri) trop grande proximité avec des entités dont la nature était incertaine. Le cardinal Ratzinger, actuel pape, publia en 1992 un décret de mise en garde contre l'institution. La réponse de l'ordre fut la suivante : « L'Œuvre des Anges peut et doit favoriser et diffuser la vénération des saints anges dans l'Église. Les dispositions restrictives du décret concernent l'emploi et la diffusion de certaines parties bien précises des écrits propres à l'Œuvre, c'est-à-dire une angélologie propre à l'Œuvre que l'on ne peut tirer de la Parole de Dieu écrite ou transmise, mais qui n'est connue que par des révélations privées ; la prohibition porte aussi sur les pratiques se rattachant à cette angélologie. »

Gabrielle Bossis (1874-1950)

Gabrielle Bossis est l'auteure de sept volumes de dialogues avec le Christ intitulés *Lui et moi*, dans lesquels elle mentionne une voix intérieure. Des conversations avec les anges sont évoquées. Gabrielle entend Jésus lui confier que l'histoire de l'humanité prendra fin lorsque les rangs laissés vides au paradis par les anges déchus seront comblés par un nombre d'élus correspondant.

Cette énumération de témoignages n'est évidemment pas exhaustive. Le dossier du père Neri auquel nous avons eu accès, et qui consiste en une série de fiches signalétiques, comporte plus de cinquante noms et cas de visions, apparitions et stigmates plus ou moins authentifiés par l'Église, parmi lesquels ceux du père Lamy de Theresa Musco, de sœur Yvonne Aimée de Jésus à Malestroit, de Jeanne-Louise Ramonet, la voyante bretonne de Kerezinen, de la stigmatisée allemande Anna Henle ou de la sœur Angela Autsch, surnommée l'ange d'Auschwitz. Le père Neri, pas plus que Simone Weisperger dont nous interrogeâmes la nièce par la suite, ne tire aucune conclusion définitive de ces cas.

On peut toutefois supposer qu'il les prenait grandement au sérieux, regrettant de ne pas les avoir étudiés *de visu*, et conservant à leur égard une réserve prudente. Ses fiches, bariolées d'annotations indéchiffrables, ne nous permettent pas d'en savoir plus.

2. PRÉSENCES

Les cas de contacts d'humains avec les anges sont littéralement innombrables et ont suscité, bien au-delà du cercle de l'ISPM, une imposante littérature. Lorsqu'il n'en a pas une connaissance directe, le père Neri se borne, dans ses études, à évoquer les cas les plus représentatifs. Plusieurs d'entre eux semblent retenir plus particulièrement son attention : celui de Gitta Mallasz, pour commencer, qui, à Budapest pendant la guerre, se retrouvait régulièrement avec des amis pour une « rencontre avec des anges » dont le détail a été consigné sur de petits cahiers d'écoliers et même publié en France. Survivante des camps de la mort, Gitta donna des conférences un peu partout dans le monde, y compris à la Sorbonne. Pour certains spécialistes, les textes qu'elle nous livre sont d'une beauté inexplicable. Dans un article publié par le mensuel *Nouvelles Clés*, leur auteure explique que l'ange est notre « complément essentiel de lumière ». Il est notre « moitié vivante » et nous sommes « sa moitié vivifiée ». Pour elle, l'homme était un pont entre le monde créé et le monde créateur, entre la matière et la lumière.

Le dossier d'Elizabeth Kübler intéresse aussi le père Neri : médecin psychiatre née en Suisse en 1926, Elizabeth Kübler s'établit aux États-Unis après la Seconde Guerre mondiale et obtint des résultats remarquables dans le traitement des schizophrènes. Elle se spécialisa bientôt dans l'accompagnement des mourants : on dit qu'elle enregistra le témoignage de vingt mille malades en phase terminale. Ses convictions de thérapeute se mêlaient de mystique, ce qui lui fut maintes fois reproché. Bientôt, elle fut témoin de manifestations angéliques inexplicables et se prétendit en contact avec des anges qui lui léguèrent un enseignement quasi intraduisible en langage humain. Ayant résolu d'adopter des bébés atteints du sida, elle fut victime de plusieurs agressions de la part du Ku Klux Klan. Dans une interview donnée peu de temps avant sa mort, elle déclare : « Je suis en contact permanent avec les Anges, ils m'aident, me conseillent, m'instruisent, m'assistent. C'est merveilleux de percevoir tout cela... [...] J'ai reçu beaucoup d'enseignements de la part des Anges ; je dialogue avec eux, comme si nous agissions, eux et moi, pendant des heures. Je pourrais vous parler pendant des années sans pour autant vous révéler le millième de ce qu'ils m'ont enseigné. J'ai même assisté à des matérialisations d'anges, don assez rare. »

YVONNE-AIMÉE DE MALESTROIT

(1901-1951)

Mère Yvonne Aimée est une religieuse qui vécut à Malestroit de 1927 à 1951. Héroïne de la Résistance, elle fut décorée à plusieurs reprises, et notamment par le général de Gaulle qui l'a faite chevalier de la Légion d'honneur. Sa charité sans bornes lui fit soigner sous le même toit les blessés allemands, qui occupaient son couvent, et ceux de la Résistance, qu'elle cachait. La communauté actuelle, composée d'une cinquantaine de religieuses de vie canoniale, poursuit son œuvre dans une vie de prière assidue et dans le soin des malades au sein du groupe hospitalier Saint-Augustin. Le livre *Ma Mère selon l'Esprit*, rédigé par le père Paul Labutte (fils spirituel de la mère Yvonne Aimée), fait état des phénomènes surnaturels qui ont jalonné la vie de la religieuse. Leur authenticité a été reconnue par Mgr Picaud, évêque de Bayeux et Lisieux à l'époque. L'épisode ci-dessous en est directement extrait.

Vers 19 h 30, ce même soir, je me rendis à l'oasis Notre-Dame-de-Consolation où sœur Saint-Vincent Ferrier, tout en larmes, m'accueillit et me dit : Vous avez reçu ma dépêche ?

Oui ! Où est-elle ce soir, notre révérende mère Yvonne-Aimée ? Pour obéir, je me retins de raconter que je l'avais vue, au début de l'après-midi dans le métro, et qu'elle était menacée d'être déportée cette nuit. Je dînai au parloir, la mort dans l'âme, tandis que sœur Saint-Vincent Ferrier, par crainte de la Gestapo, visitait la maison pour s'assurer, me dit-elle, que les portes et les volets de fer étaient bien fermés. En me levant de table, je demandai l'autorisation de monter au premier étage, dans le bureau de mère Yvonne-Aimée. Je dus traverser sa chambre contiguë : le bureau était sans doute tel qu'hier matin à son départ, mais sur la table s'accumulait déjà le courrier non décacheté.

Je fermai la porte, et navré, je me mis à marcher de long en large devant la cheminée, tout en m'efforçant de réciter encore un chapelet. Mes pensées vagabondaient. Je revivais les incidents du début de l'après-midi, j'imaginais le départ en déportation, à cette heure-ci, peut-être, dans la cour d'une prison, mais laquelle, Fresnes ? La Santé ? Le Cherche-Midi ? « Je vous salue, Marie. Pleine de grâce. Le Seigneur… » Je m'interrompis brusquement, car, dans le bureau même, je venais d'entendre un bruit sourd, semblable à celui d'un cavalier botté sautant de cheval et retombant à pieds joints. Me retournant à la seconde même, je me trouvai en présence

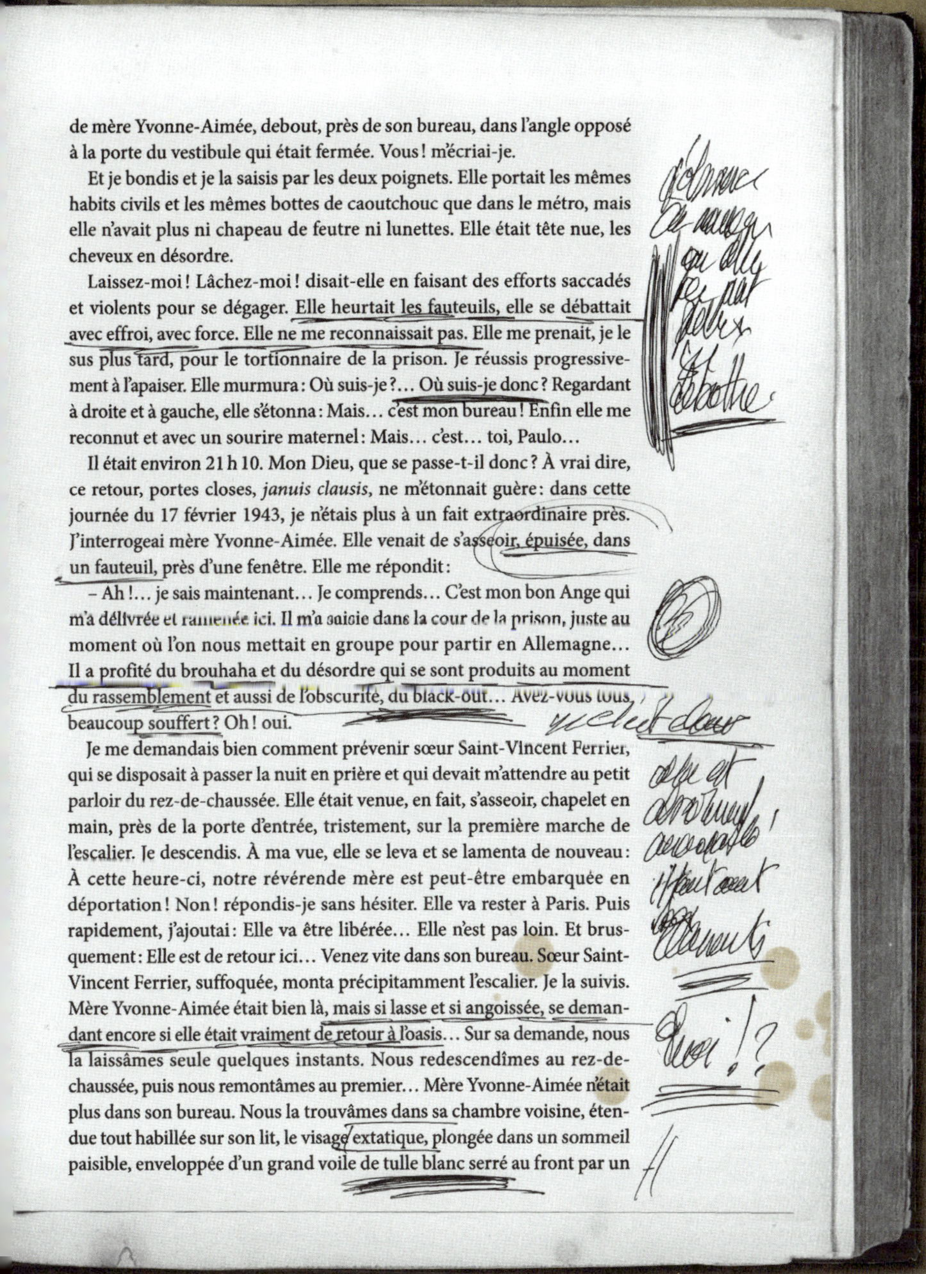

de mère Yvonne-Aimée, debout, près de son bureau, dans l'angle opposé à la porte du vestibule qui était fermée. Vous ! m'écriai-je.

Et je bondis et je la saisis par les deux poignets. Elle portait les mêmes habits civils et les mêmes bottes de caoutchouc que dans le métro, mais elle n'avait plus ni chapeau de feutre ni lunettes. Elle était tête nue, les cheveux en désordre.

Laissez-moi ! Lâchez-moi ! disait-elle en faisant des efforts saccadés et violents pour se dégager. Elle heurtait les fauteuils, elle se débattait avec effroi, avec force. Elle ne me reconnaissait pas. Elle me prenait, je le sus plus tard, pour le tortionnaire de la prison. Je réussis progressivement à l'apaiser. Elle murmura : Où suis-je ?… Où suis-je donc ? Regardant à droite et à gauche, elle s'étonna : Mais… c'est mon bureau ! Enfin elle me reconnut et avec un sourire maternel : Mais… c'est… toi, Paulo…

Il était environ 21 h 10. Mon Dieu, que se passe-t-il donc ? À vrai dire, ce retour, portes closes, *januis clausis*, ne m'étonnait guère : dans cette journée du 17 février 1943, je n'étais plus à un fait extraordinaire près. J'interrogeai mère Yvonne-Aimée. Elle venait de s'asseoir, épuisée, dans un fauteuil, près d'une fenêtre. Elle me répondit :

– Ah !… je sais maintenant… Je comprends… C'est mon bon Ange qui m'a délivrée et ramenée ici. Il m'a saisie dans la cour de la prison, juste au moment où l'on nous mettait en groupe pour partir en Allemagne… Il a profité du brouhaha et du désordre qui se sont produits au moment du rassemblement et aussi de l'obscurité, du black-out… Avez-vous tous, beaucoup souffert ? Oh ! oui.

Je me demandais bien comment prévenir sœur Saint-Vincent Ferrier, qui se disposait à passer la nuit en prière et qui devait m'attendre au petit parloir du rez-de-chaussée. Elle était venue, en fait, s'asseoir, chapelet en main, près de la porte d'entrée, tristement, sur la première marche de l'escalier. Je descendis. À ma vue, elle se leva et se lamenta de nouveau : À cette heure-ci, notre révérende mère est peut-être embarquée en déportation ! Non ! répondis-je sans hésiter. Elle va rester à Paris. Puis rapidement, j'ajoutai : Elle va être libérée… Elle n'est pas loin. Et brusquement : Elle est de retour ici… Venez vite dans son bureau. Sœur Saint-Vincent Ferrier, suffoquée, monta précipitamment l'escalier. Je la suivis. Mère Yvonne-Aimée était bien là, mais si lasse et si angoissée, se demandant encore si elle était vraiment de retour à l'oasis… Sur sa demande, nous la laissâmes seule quelques instants. Nous redescendîmes au rez-de-chaussée, puis nous remontâmes au premier… Mère Yvonne-Aimée n'était plus dans son bureau. Nous la trouvâmes dans sa chambre voisine, étendue tout habillée sur son lit, le visage extatique, plongée dans un sommeil paisible, enveloppée d'un grand voile de tulle blanc serré au front par un étroit cercle d'or. Le lit, la chambre, la cheminée, les meubles étaient jonchés ou parés de fleurs fraîches, où dominaient (en ce mois de février 1943, dans Paris occupé par les Allemands) des arums, des tulipes et des lilas blancs. Il aurait fallu deux jardiniers au moins pour apporter ces fleurs et un grand artiste pour disposer, sur Yvonne-Aimée, les plis du voile qu'elle-même n'aurait pu arranger.

Sœur Saint-Vincent Ferrier et moi, nous demeurâmes, en silence, à son chevet… Mère Yvonne-Aimée se réveilla, s'étonna de voir tant de fleurs, se leva avec son long voile, fit un ou deux bouquets avec les tulipes et les arums qui étaient sur son lit, mais, n'en pouvant plus, s'interrompit. Sœur Saint-Vincent Ferrier resta pour panser les blessures que portait mère Yvonne-Aimée sous ses vêtements. Je me retirai. Après une telle journée, j'aurais dû être exalté, ou, tout au moins, empêché de trouver le sommeil. Or, je m'endormis vite, paisible, comme un enfant.

Patient souffrant d'une tuberculose pulmonaire à ses derniers moments. Témoignage de l'infirmière de l'hôpital recueilli par Osis et Haralsson au cours de leur enquête :

« Il [le patient] n'était sous l'effet d'aucun calmant. Il était tout à fait lucide et n'avait pas de fièvre. Il faisait preuve d'une grande ferveur religieuse et croyait à la survie de l'âme. Nous savions qu'il allait mourir et il le savait sans doute aussi, car il nous demandait de prier pour lui. Dans la chambre où il reposait se trouvait un escalier qui menait à l'étage. Soudain, il s'écria :

– Regardez, les Anges descendent l'escalier.

Le verre est tombé et s'est brisé.

Toutes les personnes présentes se tournèrent vers l'escalier. On avait effectivement posé sur l'une des marches un verre que nous vîmes éclater en mille morceaux, sans aucune raison apparente. Il ne tomba pas, il éclata tout simplement. Naturellement, nous n'aperçûmes pas les Anges. Une expression de bonheur et de quiétude se peignit sur les traits du patient, qui rendit alors son dernier soupir. Même après sa mort, l'expression de quiétude et de sérénité demeura sur son visage. »

Il est effectivement intéressant de noter que cette vision est corroborée par un phénomène matériel, un verre posé sur l'escalier, descendu par les anges d'après le sujet, et qui implose sans aucune raison apparente. Le verre ne tombe pas.

Depuis, j'ai eu d'autres signes très spécifiques, et alors que je me trouvais dans une impasse, vivant à l'étranger et ayant des questions sans réponses jusqu'alors, je remarque que de nouveaux objectifs s'ouvrent à moi.

3. LES ANGES ET L'ISPM

Cherchant en vain des documents ou des dossiers susceptibles de nous éclairer quant aux conclusions tirées par l'ISPM au sujet des anges, sur la base, notamment, des écrits laissés par le père Neri, nous nous sommes demandé pourquoi Wolfgang Füssli et l'Institut, de manière plus générale, s'étaient montrés si réservés à leur sujet, au point de cacher le travail du père tel un objet honteux dans le recoin le plus sombre des archives – sans toutefois le faire disparaître. Était-ce dû à la personnalité trouble de Neri, à son lien avec l'Église, ou plus simplement au caractère hautement conjectural de ses recherches ? Ainsi qu'il le dit lui-même, les anges ne sont pas des créatures matérielles, pondérables, que l'on peut disséquer ou dont on peut, au moins, détecter l'influence sur notre monde (à l'inverse des fantômes qui, bien qu'insubstantiels, laissent de temps à autre une trace physique). Leur réalité, au sens phénoménal du terme, n'est pas attestée. L'histoire des anges suggère pourtant que, dans de rares cas, ces entités ont pu prendre forme et agir sur le monde physique. Mais par quels biais ?

Le père Neri est parvenu à rassembler ce que l'on pourrait qualifier, avec prudence, de preuves matérielles. Lui-même doutait « par principe » de la nature de ces preuves et de la pertinence de leur rattachement aux « manifestations angéliques ». Guère spectaculaires, elles sont soigneusement rangées dans une boîte en carton de l'épaisseur d'un doigt. Nous avons d'ailleurs bien failli passer à côté. Mais avant de nous pencher sur ces « preuves », commençons par décrire quelles furent les circonstances de leur découverte.

De la nature matérielle ou immatérielle des anges

Dans le judaïsme, il est dit que les anges sont de deux espèces, l'une « permanente », éternelle et purement spirituelle, l'autre « périssable », créée à un instant donné et dans un but précis, et retournant au néant sitôt celui-ci atteint. Ces éphémères seraient modelés à partir d'air et de feu, et donc constitués d'une « matière subtile ». D'après le Coran, les anges sont faits de lumière (et les djinns de feu).

Pour Thomas d'Aquin, rejoignant en cela l'opinion du Pseudo-Denys, les anges n'ont ni matière ni forme : « S'il n'y a pas, dans l'ange, composition de matière et de forme, il y a cependant composition d'acte et de puissance. Il suffit pour s'en rendre compte de considérer les choses matérielles où se trouvent les deux compositions. La première est celle de la forme et de la matière qui constituent une nature. Mais une nature, ainsi composée, n'est pas son être ; l'être est son acte. Par conséquent, même là où il n'y a pas de matière, où la forme subsiste indépendamment d'une matière, la forme est encore vis-à-vis de son être en rapport de puissance à acte. Et c'est une telle composition que l'on doit admettre pour les anges. »

Mais il reconnaît que les anges peuvent, si nécessaire, prendre forme dans notre réalité : « Certains prétendent que les anges n'assument jamais de corps et que toutes les apparitions mentionnées dans l'Écriture eurent la forme de visions prophétiques, c'est-à-dire que ce ne sont que des visions de l'imagination. Cette opinion va contre la pensée de l'Écriture. Car l'objet de la vision de l'imagination n'existe que dans l'imagination du sujet ; dès lors, il n'est pas vu indifféremment par tous. Or, à plusieurs reprises, l'Écriture parle d'anges qui apparaissent, comme s'ils étaient vus par tous. [...] Tout cela montre que ces manifestations ont lieu en visions corporelles, dont l'objet, extérieur au sujet, peut être vu par tous. L'objet d'une telle vision ne peut donc être qu'un corps réel. Donc, puisque les anges ne sont pas des corps, et n'ont pas de corps qui leur soient unis naturellement, il leur arrive d'assumer des corps. »

Ces anges incorporés ne connaissent toutefois pas les besoins des hommes, comme celui de s'alimenter. Et Thomas d'Aquin réfute que les anges puissent engendrer. Citant saint Augustin, il l'admet néanmoins en ce qui concerne les démons, mais encore faut-il que ces derniers aient préalablement recueilli la semence d'un homme.

a) L'affaire Commuzzi

Nous sommes en 1972. Gabrio Commuzzi est un Italien d'origine ligure âgé de vingt-neuf ans. Il vit à Nice depuis trois ans où il travaille pour une petite entreprise du bâtiment comme ouvrier non qualifié. Sa famille, très pauvre, habite dans la banlieue de Gênes. Gabrio est père de deux jeunes enfants. Il reverse la plus grande partie de son salaire à sa compagne, avec qui il n'est pas officiellement marié. Pour une raison qui nous est inconnue, il ne lui rend que rarement visite malgré la distance raisonnable qui les sépare. À Nice, il mène une existence de célibataire dans des conditions plutôt précaires. Il habite un gourbi au bord du Paillon. Il est décrit par ses compagnons de travail comme un homme sans histoire, buvant modérément, peu bavard et d'humeur assez sombre. Son employeur n'a rien à redire à son travail. « Gabrio est un bosseur qui ne se plaint jamais. »

Mais son comportement va brusquement changer à la fin de l'été 1972. Son patron note des retards de plus en plus fréquents. Par inattention, il manque provoquer un grave accident. Auprès de ses collègues, il devient plus loquace. Il leur parle de « bondieuseries », les encourage à se rendre à l'église et à prier. Bref, il se comporte comme un missionnaire ou un prêcheur, et s'attire surtout une animosité qui se solde, au début du mois d'octobre, par une rixe au cours de laquelle il blesse assez grièvement un homme. À la suite de cet incident, Gabrio est licencié. Ses anciens compagnons ne le revoient plus. On sait seulement qu'il continue à habiter son taudis dont il ne sort pratiquement jamais.

Fin octobre, le père Neri reçoit un courrier du curé de l'église Saint-Roch lui signalant le cas d'un « indigent en proie à une démence mystique ». Le père Neri se rend immédiatement à Nice et rencontre Gabrio Commuzzi à plusieurs reprises au cours du mois de novembre. Leurs entretiens n'ont fait, à notre connaissance, l'objet d'aucun enregistrement ou prise de note, mais Neri les a synthétisés dans un rapport transmis à l'ISPM.

Neri retourne voir Gabrio quelques jours avant Noël. Quand il arrive, la police et les pompiers sont sur les lieux. On sort Gabrio sur une civière, le corps couvert d'un drap. À force d'insistance, Neri obtient quelques explications auprès des pompiers. À l'aube, alerté par des cris déchirants, son plus proche voisin s'est décidé à forcer sa porte. De la fumée flottait dans la chambre. Gabrio était couché sur son matelas. Son corps était affreusement brûlé du bas-ventre aux épaules. Il vivait encore, cependant, puisque son voisin l'a vu tourner la tête vers lui et cligner des yeux. Mais à l'arrivée des pompiers, il avait succombé. Le pompier avec qui discute Neri conclut en ces termes : « Encore un poivrot qui se sera endormi le clope au bec. » Sauf que Gabrio ne buvait ni ne fumait… Dans la presse locale, le drame est traité en quelques lignes, et les autorités classent rapidement le dossier : décès accidentel.

Dès le lendemain, Neri s'introduit sans aucune difficulté dans le logis de Gabrio. Il note que le revêtement du matelas est à peine brûlé. Il trouve également sur le sol « une multitude de filaments blanchâtres » qui s'évaporent dès qu'il essaie de les ramasser. Il parvient néanmoins à en conserver quelques-uns.

Voilà tout ce que l'ISPM a obtenu comme éléments matériels concernant l'affaire Commuzi : un sachet contenant ce qui ressemble à de la poussière agglomérée et une plume offerte par Gabrio à Néri lors de leur dernière rencontre. La plume n'a jamais été étudiée. La substance collectée par le père Neri sur les lieux du drame n'a pas fait l'objet d'analyses poussées, mais a été comparée à d'autres échantillons similaires. On peut regretter que Neri n'ait pris aucun cliché de la scène et n'ait pas prélevé un échantillon du matelas sur lequel Gabrio a trouvé la mort. À l'évidence, l'ecclésiastique n'avait rien d'un enquêteur de terrain.

INSTITUT DE SURVEILLANCE DES PHÉNOMÈNES MÉTANATURELS

ISPM

REF. giane72167

GIACOMO NERI,
rapport du 23 novembre 1972 sur le cas Gabrio Commuzzi

Suite à la demande du père Vallée, curé de l'église Saint-Roch de Nice, France, j'ai accepté de m'entretenir avec le dénommé Gabrio Commuzzi. Commuzzi est âgé de vingt-neuf ans. Il est sans emploi et vit dans le plus grand dénuement. Je l'ai rencontré à trois reprises, les 7, 9 et 14 novembre. Il s'est d'abord montré très circonspect à mon égard, refusant avec obstination de s'exprimer en italien, jusqu'à ce que je l'informe de mon appartenance au clergé. Son humeur a alors changé radicalement, et il a bien voulu m'accueillir chez lui.

J'ai été étonné de la propreté de son intérieur. Il ne possède pour tout mobilier qu'une table, deux chaises et un matelas. Je n'ai rien vu qui peut laisser supposer une consommation d'alcool ou de drogue. Sur ses murs sont punaisées des images pieuses, principalement des saints martyrs et des anges.

Lors de notre première rencontre, il ne m'a guère permis de l'interroger et m'a surtout assailli de questions sur la foi catholique, et en particulier sur les anges. Je me suis contenté de citer saint Augustin, du moins ce dont je pouvais me souvenir. J'ai noté chez Gabrio une succession rapide d'états d'excitation et d'hébétement. J'ai tout de même fini par apprendre qu'il est père de deux enfants, que ceux-ci vivent avec leur mère à Gênes, et qu'il ne les a pas vus depuis des mois. Je lui ai proposé de le conduire à Gênes. Il a refusé en ces termes : « Je ne suis pas encore prêt. »

À notre deuxième rencontre, je constate une certaine détérioration de son état physique. Il a maigri, des boutons sont apparus sur son visage, et une vilaine toux le taraude. Il me demande de le bénir, ce que je fais, et cela semble grandement l'apaiser. Cette fois, il veut bien me parler de ses visions.

Presque chaque matin, un peu avant l'aube, il est réveillé par une lumière « si vive et si blanche qu'elle efface tout ». Son corps est paralysé, il ne peut même pas bouger les doigts, et pourtant, il a la sensation de se lever, comme s'il était « tenu par des ficelles ». Il voit alors, dans la lumière, des taches plus aveuglantes encore. Elles sont quatre et de formes dissemblables. De ces taches émanent des sons « qui font penser à des cigales », avant de devenir des voix. « Mais ça ne rentre en moi que par une oreille, la gauche. Dans l'autre, j'entends... une espèce de musique, des chants qui n'en sont pas vraiment. » Les premières fois, Gabrio n'a pas été capable de comprendre ces paroles. Mais les mots ont fini par devenir familiers. « C'est la langue des anges. » Je lui ai demandé comment il le savait. Il a répondu que son cœur le sait, que ce langage est en nous, que Dieu l'y place au moment même de notre conception. Parfois les taches de lumière « déploient leurs ailes qui sont immenses et qui battent lentement, mais pas à la manière des oiseaux ». Gabrio prétend connaître l'identité de la plus grande des quatre taches : l'ange Gabriel. Les trois autres anges n'ont pas révélé leur identité. Seul l'ange Gabriel s'adresse à Gabrio qui avoue avoir du mal à se souvenir de tout ce que ce céleste visiteur lui dit, car il s'exprime très rapidement, « comme un disque passé à l'accéléré ».

Sur la teneur de ces monologues, Gabrio se montre en effet très confus. Il ne m'en restitue que des bribes :

« Vois, Gabrio, vois le miroir de sa gloire, le feu qui consume le feu, la lumière qui éclaire la lumière... Nous venons à toi pour t'offrir le reflet de son intelligence... Tu étais aveugle, et maintenant, par sa grâce, tu vois la cascade d'or qui ruisselle de nos esprits éternellement sanctifiés... Dis-leur que la cité céleste leur est ouverte, dis-leur qu'ils marchent sans crainte vers ses portes sublimes, que le feu ne brûle que l'impie, que la lumière n'aveugle que le pécheur... Regarde les astres suspendus à sa parole... Le Soleil est le feu de son amour. Le roi des rois t'étreint de son amour. Son amour est pur comme le plus pur cristal. Nous sommes les flammes vibrantes de son amour, les légions du ciel, et devant nous, les ténèbres reculent... Dis-leur que bientôt naîtra une aube éclatante, qu'elle baignera toutes les âmes, que les démons rampants, les langues mensongères, les ombres qui sont dans les ombres seront consumés... »

Il m'avoue ne pas comprendre ce qu'on attend de lui, mais ne pas non plus ressentir le désir de comprendre. Il pense que Dieu l'a choisi pour porter sa parole. Il ajoute qu'il ne croit pas être un messie ou un nouvel apôtre, seulement un pauvre pécheur à qui le Seigneur accorde sa lumière rédemptrice... Gabrio me montre ensuite le coin de la pièce où les anges sont censés apparaître. J'inspecte le sol et trouve de minuscules tortillons blancs, de un à deux centimètres de long environ, mais, lorsque je veux les saisir, ils se dissolvent entre mes doigts sans laisser de trace ou d'odeur.

Le 14 novembre, je rencontre de nouveau Gabrio, assez tôt le matin. Il semble particulièrement exalté. Son état de santé ne s'est toutefois pas amélioré. Il me dit que les anges sont revenus ce matin même et qu'il a pu cette fois clairement les distinguer. Je lui montre une reproduction du visage de l'ange dans *L'Annonciation* de Léonard de Vinci. Il reconnaît Gabriel, mais ajoute que ses ailes ne ressemblent pas à celles figurées par l'artiste. Je lui demande de me les dessiner, ce qu'il fait d'une main tremblante. Cela m'évoque plus le fruit d'un érable que des ailes d'oiseau. Selon Gabrio, les « plumes » seraient dirigées vers le haut et non vers le bas, « car ces ailes ne sont pas faites pour voler ».

Gabrio dit aussi connaître à présent les noms des trois autres anges qui accompagnent Gabriel : Asaliah, Imamiah et Umabel. Il reste toujours aussi confus en ce qui concerne leurs discours, mais il s'est senti pour la première fois transporté « ailleurs ». Je lui demande si c'était au ciel. Il ne sait pas. Tout ce qu'il a vu était une immense colonne de feu traversant un espace uniformément blanc. Il pense que cette colonne est la multitude des anges, et qu'elle est infinie.

Je lui propose à nouveau de le conduire à Gênes. Il hésite avant de me rétorquer : « Ce n'est plus dans cette vie-là que je reverrai mes enfants. » Je lui promets de revenir le visiter avant Noël. Au moment de partir, il m'attrape par le bras. « J'ai un cadeau pour vous, de leur part... » Il me donne une plume blanche d'une dizaine de centimètres de long. Elle a l'air, je l'avoue, des plus banales, et il pourrait aussi bien l'avoir ramassée devant chez lui. J'invite toutefois l'ISPM à la faire analyser.

Je qualifierai, avec prudence, le cas de Gabrio Commuzzi d'intéressant. L'évolution et la précision croissante de ses visions méritent à mon sens de poursuivre l'étude de ce sujet.

Giacomo Neri,
Rome, 23 novembre 1972

Documents joints :
Notes de frais
Dessin de Gabrio Commuzzi
Plume blanche de 9,6 cm de long

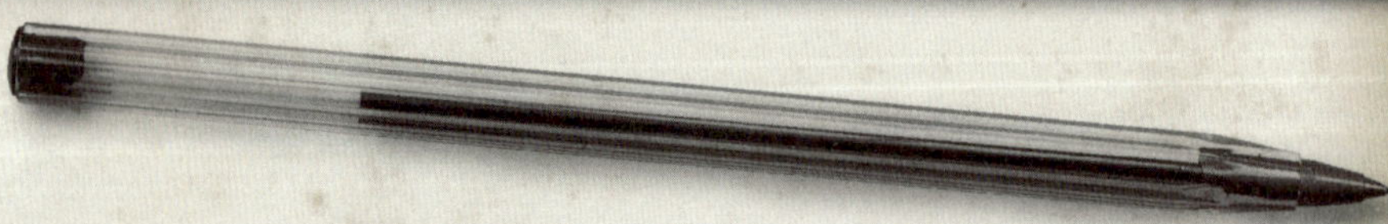

b) Combustion humaine spontanée

Les circonstances de la mort de Gabrio Commuzzi évoquent un cas de combustion spontanée humaine (ou SHC, selon le sigle anglais en usage). Il existe une abondante littérature concernant ce phénomène. En trois siècles, plus de deux cents cas ont été constatés, mais, selon un chercheur de l'ISPM, il faudrait multiplier ce nombre au moins par dix.

Le scénario est à peu près toujours identique. La victime est en général trouvée allongée dans une pièce close. Son abdomen est consumé, parfois totalement calciné. La tête et la partie avant des membres ne sont pas touchées, et la surface sur laquelle la victime repose n'est que superficiellement brûlée. Il arrive également que les vêtements restent intacts.

Dans la plupart des cas, on découvre la victime après combustion. Quelques rares témoins ont toutefois assisté au phénomène. Il est à noter que les victimes étaient toujours inertes, soit déjà mortes, soit inconscientes, soit en état profond d'hypotonie. En 1967, un sans-abri du nom de Robert Francis Bailey fut retrouvé gisant dans l'escalier d'une maison abandonnée. Une flamme bleue fusait de son abdomen par une fente de la longueur d'une main. Il était déjà mort à l'arrivée de la police, mais la posture de son corps et la contraction de ses mâchoires suggéraient qu'il pût être encore vivant et conscient au début du processus de combustion...

On invoque en général comme explication la mort subite ou l'évanouissement de la victime alors qu'elle était en train de fumer. La cigarette tombant de sa bouche provoque l'embrasement localisé des vêtements, puis des chairs, la combustion se faisant lentement, entretenue par les graisses, ce qui explique le peu de dégâts environnants et la préservation de certaines parties du corps. Sauf que les victimes de SHC n'étaient pas toutes des fumeurs, et que, dans quelques cas, les vêtements ont été préservés... Les autres hypothèses, pseudo-scientifiques, n'ont jamais été validées par des faits tangibles. On avance la possibilité d'un embrasement des gaz internes, une réaction en chaîne au niveau mitochondrial, un effet causé par des particules de haute énergie ou des phénomènes électriques comme la foudre en boule.

Les anges pourraient-ils être à l'origine de certains cas inexpliqués de SHC ? Leur lien avec le feu et leur caractère igné reviennent sans cesse dans les écrits religieux. Le Pseudo-Denys, par exemple, écrit dans *Le Livre de la Hiérarchie céleste :* « Dans son langage, les trônes sont de feu ; les augustes séraphins sont embrasés, d'après la signification de leur nom même, et ils échauffent et dévorent comme le feu ; enfin, au plus haut comme au plus bas degré de l'être, revient toujours le glorieux symbole du feu. » Dès lors, il n'est pas déraisonnable de penser qu'un individu « possédé » par des anges puisse finir par se consumer de l'intérieur, une combustion qui, de métaphorique deviendrait à un moment donné physique. Est-ce ce qui est arrivé à Gabrio Commuzzi ? Nous ne disposons d'aucune description de son corps après le drame, mais il est en tout cas attesté que Gabrio ne fumait pas.

Si l'on admet cette hypothèse, il convient alors de se poser une autre question : ce phénomène est-il une conséquence accidentelle ou volontaire de la possession angélique ? En d'autres termes, les anges disposent-ils du pouvoir de consumer à volonté les corps humains ? En tout cas, le père Neri en était venu à le croire. Dans ses notes, il évoque le sort biblique de Sodome et Gomorrhe détruites par « une pluie de soufre et de feu », après le passage de deux anges, et ajoute : « Nous ne saurons vraiment le sens du mot destruction que quand la cohorte des anges en aura décidé ainsi. Et notre entendement sera des plus brefs, car aucune forme de jugement ne nous sera accordée. »

c) Une plume d'ange ?

L'ISPM n'a jamais jugé utile de conduire des analyses sur la plume offerte par Gabrio Commuzzi. Il faut reconnaître qu'elle a tout l'air d'une banale plume tombée de l'aile d'un pigeon. Nous avons, toutefois, observé sur elle trois anomalies. Tout d'abord, cette plume est d'une blancheur immaculée, alors qu'elle a passé presque trente ans dans les archives de l'ISPM. Ensuite, elle dégage une odeur assez particulière, évoquant un peu celle de l'ambre gris, et on ne peut pas dire que ce soit cette odeur qui caractérise la salle des archives. Enfin, son calamus, c'est-à-dire la partie de l'axe de la plume qui pousse dans l'épiderme du volatile, est plein comme le reste du rachis. Mais il devrait théoriquement être creuse.

Si l'image d'un ange arrachant une plume de ses ailes pour la donner à Commuzzi nous semble d'une absolue naïveté et en contradiction totale avec ce que nous savons de ces entités, nous ne pouvons passer sous silence ces caractéristiques étranges. Nous laisserons au lecteur le soin d'en tirer ses propres hypothèses. Les notes du père Neri sont hélas ! muettes à ce sujet.

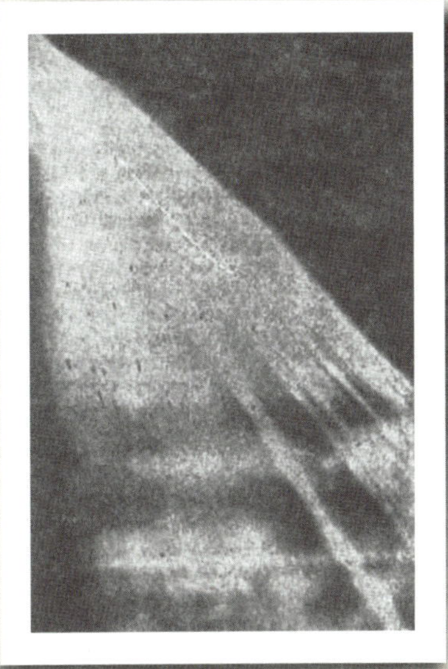

Plume d'ange (détail).

d) Des cheveux d'ange ?

Venons-en aux étranges filaments trouvés par le père Neri dans la chambre de Commuzzi. Des filaments semblables ont été décrits à de nombreuses reprises au cours des derniers siècles, mais dans des circonstances tout à fait différentes. On parle justement à leur sujet de « cheveux d'ange » ou de « fils de la Vierge », et l'ISPM a plusieurs fois analysé de tels échantillons. Les cheveux d'ange sont connus pour tomber en pluie durant l'automne (d'où ce nom qui leur est parfois donné de « neige d'octobre »). D'après ceux qui les ont observées, ces pluies s'accompagnent fréquemment de phénomènes atmosphériques, de boules ou de nuées lumineuses.

Les cheveux d'ange se dissipent rapidement dès qu'ils ont touché le sol, et il est rare de pouvoir en conserver (d'ailleurs, l'échantillon récolté par Neri est réduit à quelques minces brins grisâtres qui tombent en poussière quand on tente de les manipuler même avec la plus fine des pinces). Leur combustion produit une flamme très lumineuse, mais ne dégage, dit-on, aucune odeur. Leur analyse chimique a décelé une protéine proche de l'actine (substance présente dans les cellules)

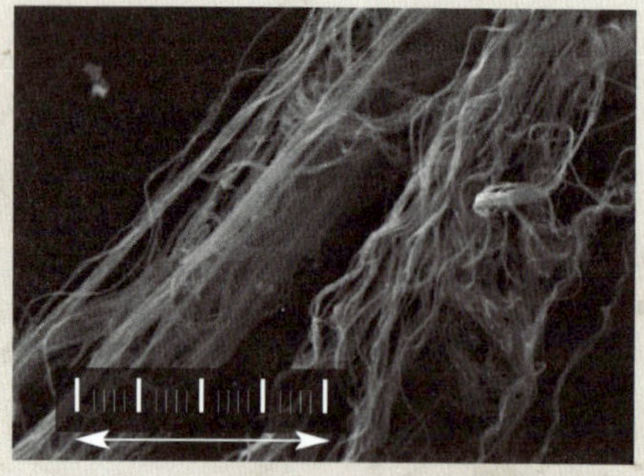

Cheveux d'ange.

et de la fibroïne (une protéine filamenteuse constituant les fils d'araignée et la soie).

Si l'on suppose que les cheveux d'ange prélevés par Neri sont de même nature que la substance décrite lors de ces fameuses pluies d'octobre, on peut se hasarder à présumer qu'il s'agit du « sous-produit » des activités angéliques sur notre plan physique, une sorte de condensation ectoplasmique liée à leurs manifestations. Reste alors à deviner à quelles activités mystérieuses les anges se livrent dans nos cieux terrestres durant l'automne…

e) Symptomatologie des personnes touchées par les anges

Le père Neri a recensé de très nombreux cas de personnes ayant subi des « influences angéliques » à travers le monde. Notons que Neri préfère généralement le terme d'influence à celui de possession (dont, néanmoins, il use parfois). À ses yeux, la possession diabolique est davantage le signe d'un conflit psychique entre les anges déchus et les anges loyaux.

Nous avons tiré de ses recensions un tableau clinique en quatre stades. Ces stades ne concernent pas tous les sujets. Dans la majorité des cas, l'influence ne dépasse pas le stade 2. Le stade 3 est plus rarement atteint. Le stade 4, celui pour lequel on pourrait légitimement parler de possession, est quelque peu hypothétique. Neri n'en rapporte qu'une dizaine, de sources douteuses ou parcellaires, et seul le cas de Commuzzi se conclut par une combustion spontanée.

Stade 1. Hallucinations visuelles élémentaires : taches lumineuses (phosphènes), éblouissements, couleurs dansantes. Hallucinations auditives confuses : bourdonnements, chuchotements. Sentiment mystique positif (exaltation, désir de se rapprocher du divin) ou négatif (pulsions blasphématoires, révolte contre Dieu, doutes sur ses croyances).

Stade 2. Hallucinations visuelles complexes : personnages (parfois identifiés), paysages, altération de la spatialité. Hallucinations auditives complexes : voix entendues hors de soi (plus rarement à l'intérieur de soi), musiques (souvent des sons de carillons, des voix chantées, des cuivres ou des timbres que le sujet peine à décrire). Les sentiments mystiques s'amplifient. Le sujet se dit touché par le divin, choisi, il se prête un rôle messianique, il est le médium de la parole de Dieu. Il passe d'états d'humilité excessive au cours desquels il se rabaisse en paroles ou en actes, à des épisodes de délires mégalomaniaques. Beaucoup de sujets ressentent le besoin de relater, de transmettre, par l'écrit ou la parole, ce qu'ils entendent et voient. Sur le plan physiologique : perte d'appétit, amaigrissement, vertiges, éruptions cutanées, hémoptysie (toux accompagnée de saignements).

Stade 3. Les hallucinations visuelles et auditives se précisent. Les personnages sont systématiquement identifiés et nommés. Ils interagissent avec le sujet extérieurement (hallucinations tactiles) et intérieurement (hallucinations cénesthésiques, le sujet se sent alors pénétré, envahi). Dans certains cas, le sujet raconte qu'il est emporté par les anges hors de cette terre : voyage mystique. Sur le plan physiologique : aggravation des symptômes du stade précédent ou, au contraire, guérison spectaculaire, parfois apparition de stigmates « angéliques » comme des traces de brûlures ou des plaies au niveau des omoplates.

Stade 4. Le sujet se sent à présent habité. Il sert de réceptacle, de vaisseau à un ange ou à plusieurs. Toutes ses hallucinations deviennent proprioceptives. Les voix sont intérieures, les visions sont purement idéelles. Il perçoit en lui du feu, de la lumière, une parcelle de cosmos, des astres… Au terme de cet envahissement « endogène », il est susceptible de physiquement s'embraser. Sur le plan physiologique : stigmates spectaculaires, apparition de scarifications sur diverses parties du corps, parfois abstraites, parfois représentant des figures ésotériques ou déroulant de véritables messages en hébreu, en alphabet crypté ou en latin.

Tous ces symptômes peuvent cesser après quelques heures ou bien perdurer durant des années et ce, quel que soit le stade où le sujet se trouve. En tout cas, leur arrêt est toujours brutal et s'accompagne d'un état dépressif (sentiment d'être abandonné, rejeté par Dieu), qui peut conduire au suicide.

f) Les *nephilim*

L'histoire des anges nous laisse entendre que les créatures appelées *nephilim* et mentionnées dans la Genèse en termes assez abscons étaient la descendance des anges rebelles et des femmes qu'ils avaient choisi d'aimer à l'époque antédiluvienne. Si l'on en croit le Livre d'Hénoch, Dieu, par l'entremise des anges fidèles, leur aurait livré une guerre sans merci, se concluant de manière radicale par le Déluge. La Genèse se contente de dire à leur sujet : « Les *nephilim* se trouvaient sur la terre en ces jours-là, et aussi après cela, quand les fils du vrai Dieu continuèrent d'avoir des rapports avec les filles des hommes et qu'elles leur donnèrent des fils : ils furent les hommes forts du temps jadis, les hommes de renom. » On peut s'étonner de cette mention : « et aussi après cela ». Faut-il comprendre que les *nephilim* ont continué à arpenter le monde après le Déluge ? C'est en tout cas la thèse défendue par de nombreux angélologues et par le père Neri.

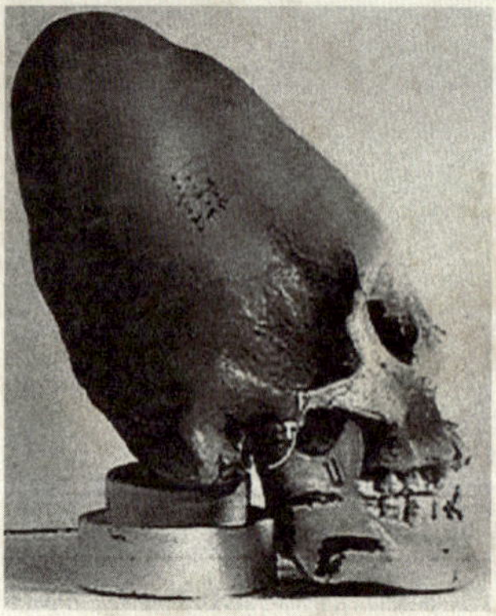

Crâne de *nephilim*.

Le Livre d'Hénoch décrit les *nephilim* comme des géants à l'appétit insatiable semant autour d'eux la ruine, la famine et la mort. Or, on a vu fleurir, ces dernières années, de grossiers photomontages nous montrant d'imposants squelettes conformes à cette description biblique. En vérité, jamais aucun squelette géant n'a été découvert lors de fouilles archéologiques, mais la réputation peu flatteuse des *nephilim* continue à leur coller à la peau.

Le père Neri n'a commencé à s'intéresser aux *nephilim* qu'au cours des toutes dernières années de sa vie. Voici ce qu'il écrit à leur sujet : « Je ne sais pas si les *nephilim* sont le dernier rempart entre les anges et les hommes ou s'ils ne sont que des pions dans leur jeu indéchiffrable. En tout cas, je suis dorénavant persuadé qu'ils vivent toujours parmi nous. Ils seraient au nombre de douze, comme les Titans dont ils empruntent parfois les noms. En contact spirituel avec leurs ancêtres angéliques et humains emprisonnés dans la geôle abyssale que nous nommons enfer, ils essaient, à l'aide de rituels magiques, d'apaiser leurs tourments… en attendant que sonne la fin des temps. » Neri ne nous a, hélas ! laissé que peu d'éléments concernant sa quête des *nephilim*, à l'exception de quelques notes éparses, d'une liste dont on ne sait si elle est étayée ou si elle n'est qu'une vue de l'esprit du prêtre, et de la retranscription d'une conversation téléphonique.

Les noms « titanesques » des douze *nephilim* et leur domaine de compétences magiques, d'après le père Neri :

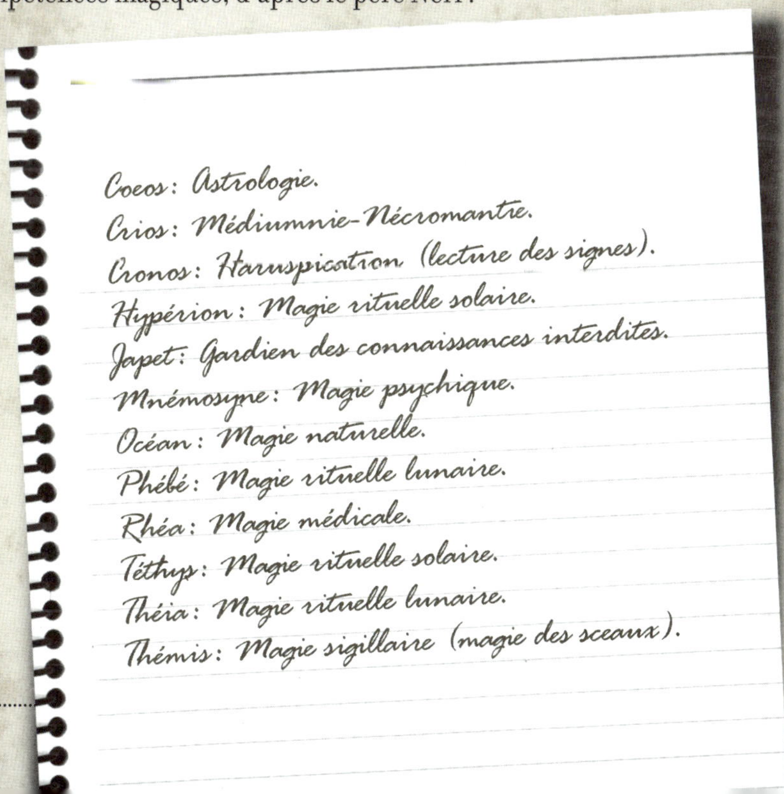
Coeos : Astrologie.
Crios : Médiumnie-Nécromantie.
Cronos : Haruspication (lecture des signes).
Hypérion : Magie rituelle solaire.
Japet : Gardien des connaissances interdites.
Mnémosyne : Magie psychique.
Océan : Magie naturelle.
Phébé : Magie rituelle lunaire.
Rhéa : Magie médicale.
Téthys : Magie rituelle solaire.
Théia : Magie rituelle lunaire.
Thémis : Magie sigillaire (magie des sceaux).

Retranscription d'une conversation téléphonique entre le père Neri et un interlocuteur non identifié (J pour Japet ?). Il y est fait référence à une précédente discussion, mais nous n'avons trouvé nulle trace écrite de celle-ci dans les archives. Nous ne connaissons pas non plus les circonstances de la mise en relation entre Neri et cet individu, qui prétend être un descendant des *nephilim*. Lequel des deux a initié la discussion ? La date indiquée en en-tête montre que cet échange a eu lieu deux mois avant le suicide du père Neri.

4 février 1979.
Coup de fil passé à 19h32.
Nombreux parasites sur la ligne.
Communication brusquement coupée au bout de quatorze minutes.

J. – Je n'accepte de vous parler que parce que mes pères m'y encouragent.
NERI. – Vos pères ?
J. – Vous savez qui ils sont.
NERI. – Peut-être. Mais j'aimerais l'entendre de votre bouche.
J. – Prononcer leurs noms nous désignerait aussitôt à l'ennemi.
NERI. – Vous craignez qu'ils n'aient, en quelque sorte, mis nos téléphones sur écoute ?
J. – Apprenez une chose, Neri. Le téléphone est une merveilleuse invention. Il rompt le fil subtil de nos souffles. Ils peuvent entendre un murmure à l'oreille. Mais la transmission électrique de la parole les gêne.
NERI. – Lors de notre précédent entretien, vous m'avez laissé entendre que vous étiez un antédiluvien.
J. – Seulement l'un de leurs descendants. Nous vivons plus vieux que vous, mais nous sommes mortels.
NERI. – Ils connaissent votre existence ?
J. – Bien sûr.

NERI. – Pourquoi n'ont-ils pas achevé leur œuvre ?
J. – Je l'ignore. Tout ce que je sais, c'est que nous sommes douze de par le monde, jamais plus. Si j'engendrais un treizième, celui-là deviendrait immédiatement leur proie, et ils finiraient par le détruire. Quand un des nôtres mourra, alors seulement l'un des onze restants pourra enfanter.
NERI. – Est-il déjà arrivé que vous soyez plus de douze ?
J. – Bien des fois. Et ça s'est toujours terminé de la même façon : par l'élimination des surnuméraires avant leur huitième année.
NERI. – Ont-ils agi en personne ?
J. – Non. Il est bien plus aisé pour eux de se servir de vous.
NERI. – Vivez-vous cachés ?
J. – Ce n'est pas nécessaire. Nous sommes semblables à vous. Notre histoire nous a donné le goût de la discrétion, mais nous ne vivons pas cachés.
NERI. – Vous parliez de vos pères Êtes-vous en contact avec eux ?
J. – Tout dépend ce que vous entendez pas contact. Là où ils sont, le téléphone n'a pas encore été installé. Nous rêvons d'eux. Nous rêvons des ténèbres qui les emprisonnent et des tourments qui leur sont infligés.
NERI. – Disposez-vous de capacités qui ne sont pas à la portée des êtres humains ?
J. – [Rire]. Comme des super-héros de bande dessinée ? Nous ne volons pas. Nous ne soulevons pas les voitures à mains nues. Nos yeux ne projettent pas de rayons. Nous vivons plus longtemps que vous, quoique nous ne dépassions que rarement les deux cents ans. Dans certaines circonstances, nous voyons ce que vos yeux ne voient pas, l'envers du décor, les invisibles, les ombres. Croyez-moi, vous ne voudriez pour rien au monde de ce don là. Nous avons une aptitude naturelle à la magie. Jadis, c'est ce qui a attiré le malheur sur nous : la magie, le savoir, la science. Eux seuls s'arrogent

le droit de manipuler la réalité par ces moyens que vous qualifiez de surnaturels. Ils détestent la concurrence Ah! oui, on dit aussi que nous sommes d'excellents amants et amantes. Une autre preuve à leurs yeux de notre nature diabolique.
NERI. - Vous rencontrez-vous les uns les autres?
J. - Oui. Lorsqu'un décès frappe les nôtres, nous nous retrouvons pour décider qui, parmi ceux qui le désirent, aura le droit d'enfanter. Il nous arrive aussi de nous unir pour accomplir certains rituels magiques.
NERI. - Quels buts ont ces rituels?
J. - Ils ont pour but d'atténuer momentanément les tourments de nos pères et de nos mères, et de leur permettre ainsi de recouvrer un peu de liberté sur ce plan.
NERI. - Vous n'avez jamais essayé de les libérer?
J. - Il y a eu des tentatives par le passé. Mais nous les avons payées très cher.
NERI. - Et les autres, quel but poursuivent-ils d'après vous?
J. - C'est un grand mystère, même pour nous.
NERI. - Y a-t-il quelque chose au-dessus d'eux?
J. - Vous voulez dire un dieu? Pas comme vous l'entendez. Au-dessus d'eux, ou plutôt, à travers eux, se trouve l'Ensoph, l'inconnaissable, l'illimité. Le néant. Vous, les hommes, imaginez le néant comme la plus noire des obscurités. Vous faites erreur. Le néant est au contraire la lumière absolue, celle qui ne tolère aucune ombre. Ce que vous appelez Jugement dernier n'est rien d'autre que l'avènement de la lumière absolue, la victoire de l'onde sur le corpuscule.
NERI. - Vous parlez d'un bouleversement de la physique à l'échelle de l'univers.
J. - Je parle de la fin des temps, Neri.
NERI. - Et que peut-on faire?
J. - Que savez-vous faire?
NERI. - J'ai su prier.
J. - Alors, priez.

<u>INSERT :</u> NOTE SUR LE SEXE DES ANGES.

On a coutume de dire que les anges n'ont pas de sexe. Dans le langage courant, parler du sexe des anges est synonyme de discussion oiseuse. Mais leur nature incorporelle, suprahumaine, implique-t-elle nécessairement une absence de genre, au moins sur le plan symbolique ? Dans la Bible, ils sont parfois appelés « fils de Dieu », fils et non filles. Quand ils s'incorporent, c'est sous un aspect masculin. Quand ils visitent Sodome, ils excitent la concupiscence des habitants aux mœurs pédérastes. Le Pseudo-Denys décrit la représentation humaine des anges sous toutes les coutures, mais il passe sous silence les attributs sexuels. Néanmoins, le vocabulaire qu'il emploie ne laisse guère de doute quant à leur genre : il parle de « puissante fécondité », de « mâle énergie »... Dans le Coran, l'idée que les anges puissent être de sexe féminin est raillée. Grégoire le Grand, l'un des Pères de l'Église occidentale, les décrit comme de jeunes hommes aux cheveux d'or. Ce caractère adolescent est confirmé par le Pseudo-Denys. Les anges « incorporés », « circonscrits » à un corps, sont donc de sexe masculin, mais leur jeunesse les rend ambigus, troublants, presque androgynes. Les représentations artistiques le confirment, et cet aspect va s'accentuer jusqu'à l'époque baroque avec des anges de plus en plus équivoques. Il ne faut toutefois pas confondre l'androgynie, c'est-à-dire l'ambiguïté dans l'apparence, et l'hermaphrodisme, qui est une malformation morphologique où les deux sexes coexistent.

On trouve quelques représentations d'anges féminisés, en particulier au XIXe siècle, mais, le plus souvent, ces figures se confondent avec celles des muses. Signalons aussi les apsaras de l'hindouisme dont les talents les rapprochent également des Muses classiques.

Les anges des trois religions du Livre ont donc non seulement un sexe (et nous ne parlons pas des chérubins, dont l'image est inspirée par les amours romains, qui exhibent leur « innocente » masculinité, à l'instar du Christ enfant, comme pour affirmer : attention, pas d'erreur, nous sommes des garçons), mais aussi une aura sexuelle : ils inspirent le désir, sont tentateurs, auprès des hommes aussi bien que des femmes. Un autre aspect du pouvoir qu'ils peuvent exercer sur nous.

Les anges déchus, en prenant femme, en fondant une famille, choisissent en définitive de perdre cette aura de virilité androgyne. Ils penchent du côté de la féminité, et nous sommes enclins à penser que cela leur a été également reproché. La magie, dont ils ont été les précepteurs, est la part féminine du monde métanaturel. Rappelons qu'ils ont été emprisonnés avec leurs épouses ; ce n'est certainement pas par mansuétude, mais parce que le lien qui les unit ne peut être aisément brisé. Les anges loyaux, eux, règnent sur la part masculine, solaire, flamboyante, impitoyable, dominatrice de ce monde invisible. La seule figure féminine qui, culturellement, se confond parfois avec les anges est Marie... Une vierge esquissant un geste craintif devant la trouble masculinité de l'ange Gabriel.

g) Les anges gardiens

Le concept d'ange gardien veillant sur chaque individu est particulièrement ancien. Ce sont, d'abord, des esprits animaux, élémentaires, ancestraux qui habitent l'homme ou planent au-dessus de lui. L'Ancien Testament ne mentionne pas expressément cette fonction presque chamanique de l'ange (dans le Livre d'Hénoch, il est en revanche précisé que les justes disposent d'esprits protecteurs), mais elle est présente dans le Nouveau Testament et admise par les docteurs de la foi. Le théologien Origène (IIIe siècle) écrit : « Chacun a l'assistance de deux anges, un ange de justice, un ange d'iniquité. Si de bonnes pensées occupent notre cœur et si la justice a produit de nombreux fruits en nous, nul doute que ce soit l'ange du Seigneur qui nous parle ; mais si ce sont de mauvaises pensées qui s'agitent dans notre cœur, c'est l'ange du diable qui nous les suggère. » Parle-t-il, à sa façon, de cette psychomachie qui oppose dans certains esprits les anges loyaux et les anges rebelles ?

Au fil des siècles s'impose l'idée que tout homme, juste ou pécheur, baptisé ou non, possède dès sa conception un ange gardien, celui-ci ne le quittant jamais quoi qu'il arrive. Le champ d'action de ces anges tutélaires serait avant tout d'ordre spirituel, et leur principale fonction, que nous qualifierons de psychopompe, serait de nous guider jusqu'à notre mort dans le monde matériel, et ensuite, vers le monde d'en haut.

Que devons-nous penser de ces anges gardiens ? Le père Neri avait fini par nier tout bonnement leur existence en tant qu'entités agissantes : « L'ange gardien n'est rien d'autre que la porte symbolique que les célestes puissances voudraient que nous laissions grande ouverte pour accéder aisément, et quand cela leur plaît, à notre esprit. » Certains mages partagent cette opinion, mais rappellent que toute porte peut disposer d'une serrure et n'être donc ouverte que par ceux qui en possèdent la clé. Autrement dit : il est possible de filtrer nos visiteurs psychiques, à l'image d'un *firewall* informatique.

La question est alors : s'il n'est pas dans notre intérêt d'ouvrir cette porte aux anges loyaux, y a-t-il quelque profit à en laisser le privilège aux anges rebelles ? Rien n'est moins sûr. Neri se méfiait des uns comme des autres. Si la compassion et l'intérêt manifesté par les anges rebelles à l'égard de l'humanité sont indéniables, leur influence n'est-elle pas *in fine* aussi dangereuse que celle de leurs frères célestes ? Voyez le témoignage de cet initié à la magie énochienne ayant voulu faire appel à Azaël, l'un des dix « généraux » des anges déchus.

Témoignage de K.L. :

Le 17 janvier 1967, à M., j'ai mené le rituel d'invocation du chérubin déchu Azaël pour le prier de m'aider et de veiller sur moi. J'étais en compagnie du mage R., qui a reçu l'enseignement des antédiluviens et du plus grand kabbaliste pragois. Le sceau avait été réalisé selon les règles et gravé dans le porphyre, choix que nous avions jugé judicieux. Nous avons respecté toutes les précautions d'usage : un jeûne de trois jours, des ablutions matinales et vespérales, des rituels cardinaux de purification.

Le rituel principal a commencé à 1 heure du matin, heure durant laquelle l'influence des célestes s'affaiblit. Les encens et charbons ont été brûlés, la cloche a été sonnée et les paroles invocatoires prononcées. Notre volonté était forte. Vers 2 heures du matin, j'ai entendu comme un tonnerre lointain, celui de la roche se fissurant. La température de la pièce est montée de plusieurs degrés et l'hygrométrie a chuté. Peu après, j'ai senti venir en moi l'esprit d'Azaël. Je me le figurais sous l'aspect d'un bouc écorché, la tête cernée d'une roue flamboyante. J'ai entendu le mot « expiation ». Je sais ce qu'il signifie pour ces puissances : un pas de plus vers l'abandon du monde matériel. J'ai prié Azaël de rester en moi, d'être mon gardien tutélaire, et il a accédé à ma requête. J'ai ensuite senti son influence décroître, jusqu'à n'être plus qu'une infime étincelle.

Le mage R. m'a dit que nous avions réussi, et que je serais dorénavant sous la protection d'Azaël. Mais durant les jours qui ont suivi, j'ai été progressivement envahi d'une impression désagréable. J'ai perdu le sommeil, ma mémoire s'est mise à me jouer des tours. Puis j'ai souffert d'une perte d'appétit sexuel, mes membres sont devenus gourds. J'ai prié de nouveau Azaël, mais je n'ai reçu en retour qu'un immense sentiment de désespoir. Le mage R. m'a conseillé de réitérer le rituel. Je n'en ai pas trouvé la force. D'impuissance, j'ai invoqué l'aide de Dieu. Mes maux ont un peu décru. Je vais me rendre à Prague afin de consulter les rabbins. Je crains d'avoir commis une grande erreur en m'abandonnant à l'esprit d'un ange rebelle. J'espère qu'ils sauront me guérir.

Selon Neri, celui qui fait d'un déchu son ange gardien sera partiellement à l'abri des influences angéliques, mais ressentira en retour une parcelle (infime, néanmoins suffisante pour lui causer de grandes souffrances morales) des tourments que l'entité est condamnée à subir. De tels rituels ne devraient être menés qu'en tout dernier recours.

Il est évident que la croyance dans les anges gardiens crée une disposition d'esprit qui sert les intérêts mystérieux des armées célestes. Leurs maîtres mots sont « abandon » et « soumission ». L'abbé Laval, auteur d'un traité sur les anges au début du XXe siècle, écrit : « Pourrions-nous ne pas rendre amour pour amour à notre bon Ange, et ne pas lui exprimer souvent notre reconnaissance pour les tendres soins qu'il daigne nous prodiguer ? Nous aimerons et nous honorerons notre saint ange gardien si nous respectons sa présence, si nous implorons son assistance et si nous suivons ses inspirations. »

L'amour des anges est tout sauf désintéressé, et ce mythe de l'ange gardien l'un de leurs plus efficaces outils de domination.

h) En guise de conclusion : l'Apocalypse

« J'eus une vision : une trappe était ouverte dans le ciel, et la voix claironnante que j'avais entendue converser avec moi me disait : "Monte ici que je te montre ce qui doit arriver plus tard." »

L'Apocalypse selon saint Jean est une effrayante illustration du pouvoir destructeur et impitoyable des anges. Ce texte visionnaire, amphigourique, souvent maladroit, évoque certains écrits d'aliénés par son obsédante morbidité, son champ lexical très répétitif et cette omniprésence des nombres (quatre, sept, douze, six cent soixante-six, etc.). Il est en général attribué à l'apôtre Jean qui l'aurait rédigé en 95, après sa détention à Patmos, île de la mer Égée que les Romains utilisaient comme lieu de déportation.

Dans l'Apocalypse qui narre, plus qu'une fin, une lente agonie des temps, les anges sont l'instrument, le vecteur d'une colère divine qui s'exprime avec une cruauté sans limites. On peut se demander quelles entités ont inspiré ces visions d'horreur à Jean. Les anges loyaux ou les déchus ? Dans une certaine mesure, ces visions auraient pu servir les intérêts des seconds, une manière d'alerter l'humanité sur son sort futur. Si tel était le cas, les anges ont globalement échoué.

Neri s'est intéressé à l'Apocalypse pendant la dernière année de sa vie. Selon lui, ce texte porte la marque des deux camps et est le produit d'une intense psychomachie. Il y voit deux strates en surimpression : l'une, visionnaire, qui nécessite une lecture littérale (Jean aperçoit des bribes d'avenir), l'autre, symbolique, qui n'est qu'une mascarade destinée à faire diversion.

Le début du processus génocidaire auquel assiste Jean, en présence des quatre vivants (les quatre évangélistes sous l'aspect du tétramorphe : un lion, un taureau, un homme et un aigle), de vingt-quatre vieillards assis sur des trônes, d'un « être » qui a « l'aspect de la pierre de jaspe et de sardoine », et d'un agneau égorgé pourvu de sept cornes et de sept yeux (le Christ), est marqué par l'ouverture d'un livre dont les sceaux sont brisés un à un. Chacun des quatre premiers sceaux éveille un cavalier. Ces quatre cavaliers ont pour mission de tuer un quart de l'humanité « par le glaive, la famine, la peste, et les fauves ». La rupture du cinquième sceau ramène à la vie les martyrs. Au sixième sceau « survint un grand séisme, le soleil noircit comme tissu de crin, la lune entière devint rouge sang, et les étoiles du ciel se mirent à choir sur terre ». Le septième sceau impose un bref et troublant silence. L'œil du cyclone, serait-on tenté de dire. Entre l'ouverture du sixième et du septième sceau, cent quarante-quatre mille individus sont marqués. Ceux-ci seront épargnés.

La suite est confiée à sept anges qui soufflent chacun à leur tour dans une trompette (sans doute, au temps de Jean, une *buccina*, une trompe droite). Ces instruments invoquent de nouveaux désastres qui ravagent le monde.

À la première trompette : « Une grêle de feu mêlé de sang se précipita sur le sol ; le tiers du sol brûla, ainsi que le tiers des arbres et toute plante verte. »

À la deuxième, « une sorte de grande montagne ardente se précipita dans la mer ; le tiers de la mer tourna en sang, le tiers des créatures marines animées mourut et le tiers des bateaux fut détruit ».

À la troisième, « il chut du ciel une grande étoile qui flambait comme une torche ; elle tomba sur le tiers des fleuves et sur les sources. Cette étoile s'appelait l'Absinthe. Ainsi le tiers des eaux tourna en absinthe et bien des gens moururent d'avoir bu de ces eaux empoisonnées ».

À la quatrième, « le tiers du soleil, de la lune et des étoiles furent frappés, si bien qu'ils obscurcirent d'un tiers, que le jour perdit autant de sa clarté et la nuit pareillement ».

Ces quatre premières trompettes ne sont pourtant qu'un avant-goût. Le vrai malheur vient avec les trois dernières, ainsi que l'annonce un aigle qui vole au zénith.

La cinquième trompette ouvre l'abîme d'où s'échappent de monstrueux insectes, que Jean décrit ainsi : « Ces espèces de sauterelles avaient l'air de chevaux harnachés pour la bataille, une sorte de couronne à reflets dorés leur casquait la tête, leur face était presque humaine, leur chevelure ressemblait à celle des femmes, leurs dents étaient celles des lions, leur thorax paraissait bardé de fer et le bruit de leurs ailes évoquait le fracas de la charge guerrière d'un nombreux escadron de chars. Elles ont, comme les scorpions, la queue armée d'un aiguillon : c'est par là qu'elles peuvent nuire aux hommes. » Ces sauterelles ont pour roi l'ange de l'abîme, nommé en hébreu Abaddôn.

Abaddôn, l'ange de l'abîme

Abaddôn signifie « le lieu de l'anéantissement », ou bien « le destructeur ». Ce mot est utilisé à trois reprises dans la Bible et décrit un endroit comparable au Shéol juif, l'obscur séjour des morts. Il est dit dans le livre de Job : « Tous ceux qui sont morts tremblent bien au-dessous des mers avec les êtres qui les peuplent, car le séjour des morts est à nu devant Dieu, et l'abîme sans fond (Abaddôn) n'a rien pour se couvrir. » Jean est le premier auteur à faire d'Abaddôn une entité, un ange de l'abîme. Son identité est l'objet d'interprétations très diverses. Si on le compare souvent à Satan, certains pensent qu'il s'agit du nom « apocalyptique » de Jésus. Son nom grec, Appolyon, renvoie étymologiquement au dieu Apollon, dont il pourrait représenter l'aspect négatif, l'Apollon des ténèbres, le python du gouffre de Delphes que tua le jeune dieu de ses flèches. Selon le père Neri, Abaddôn appartient aux anges fidèles. Il est le gardien et le tortionnaire des anges déchus, et ses sauterelles monstrueuses sont l'instrument des tourments qu'il leur inflige depuis des millénaires ou l'incarnation venimeuse de leurs souffrances.

Lorsque sonne la sixième trompette sont relâchés quatre anges enchaînés au bord de l'Euphrate. Ils marchent à la tête d'une gigantesque armée de deux cents millions de cavaliers chargée d'exterminer un tiers de l'humanité. Ces cavaliers ont comme montures des chevaux qui crachent le feu, la fumée et le soufre par leurs naseaux, et un serpent venimeux leur fait office de queue... Qui sont ces anges cardinaux ? Loyaux ou déchus ? Pourquoi sont-ils enchaînés ? Jean n'en dit rien.

La septième trompette ouvre les portes du temple céleste, et « il se produisit des éclairs, des voix, des coups de tonnerre, un séisme et une forte grêle ».

Tous ces fléaux libérés par les anges ne sont pourtant que les prémices de la fin des temps.

Une curieuse dramaturgie succède aux sept trompettes pendant laquelle on revit la chute de Satan-Lucifer sous l'aspect d'un dragon à sept têtes et dix cornes, puis sa traque d'une dame prête à enfanter (la Vierge Marie). Ensuite surgit de la mer la Bête qui a « l'allure d'une panthère, les pattes d'un ours et la gueule d'un lion » et à qui le dragon délègue son pouvoir. Une seconde Bête monte alors de la terre pour inciter les hommes à adorer la première et à déposer sa marque sur leur main droite ou sur leur front. Le dragon et les deux bêtes constituent une parodie de trinité, et leur nombre est six cent soixante-six, six étant le chiffre de l'homme, car c'est au sixième jour que Dieu le créa.

À nouveau, sept anges viennent frapper la terre de fléaux en répandant sur elle le contenu de sept coupes contenant l'« indignation de Dieu ».

La première coupe est versée sur le sol, et les hommes marqués du signe de la Bête sont atteints d'un « ulcère malin et pénible ». La deuxième coupe est répandue dans la mer, qui « tourna en sang cadavéreux, et tous les animaux marins périrent ». La troisième change en sang les fleuves et les sources. Le quatrième ange s'en va verser sa coupe sur le soleil, qui se met à surchauffer. La cinquième coupe inflige des douleurs terribles aux hommes marqués du signe de la Bête. La sixième coupe est répandue dans les eaux de l'Euphrate, qui s'écartent pour laisser passer les rois d'Orient. De la gueule du dragon et des deux bêtes surgissent trois esprits impurs ressemblant à des grenouilles qui « vont trouver les rois de toute la terre en vue de les concentrer pour la bataille » qui se déroule en un lieu appelé Armageddon (la colline de Megiddo en Israël). Plus tard, dans le texte, les vautours et les rapaces feront ripaille des cadavres de leurs armées vaincues.... La dernière coupe est répandue dans les airs, et « aussitôt ce furent des éclairs, voix et coups de tonnerre accompagnés d'une secousse telle que jamais, depuis l'apparition de l'homme, il n'en advint d'aussi violente ». Les îles sombrent dans l'océan, les montagnes s'écroulent, des aérolites (des grêlons énormes) tombent sur terre.

Voici, synthétisée, la fin qui nous est promise dans l'Apocalypse. Le père Neri n'était guère impressionné par ces descriptions de dévastations, d'agonies de masse, de fléaux incessants. Il voyait dans ce texte une idée subliminale bien plus terrifiante encore.

Ceci est l'une de ses dernières notes. Elle est datée de deux jours avant son suicide.

L'Apocalypse ne nous raconte pas la fin des temps, mais la fin du temps. Dans cette absence de déroulement chronologique, dans cette constante compénétration des événements passés, présents, futurs, dans cette répétition hideuse de notre propre histoire qui semble n'avoir aucune issue, ce récit nous fait ressentir le vertige ultime : celui, abominable, de la solution du temps même. La lumière absolue dont les anges sont le pur écho vibratoire ne tolère ni temps ni espace... ni dieu ni néant... Je me suis égaré deux fois. La première fois, en croyant de tout cœur que les anges sont la radieuse manifestation de l'intelligence insondable de Dieu. La seconde fois, en mettant quelque espoir dans les anges déchus. Mais je vous le dis : Il n'y a pas d'espoir. Les anges déchus n'existent que parce que les autres l'ont décidé. Ils sont les sauterelles, le dragon et les bêtes. Ils sont les instruments de la fin du temps, le levier, le rouage. Je tourne mon regard vers le ciel ; que vois-je ? Une mécanique parfaite. Leur mécanique. Et dans les instants les plus glaçants du crépuscule de ma vie, je songe que Dieu n'est rien d'autre qu'une pièce, une roue dentée dont le lent et régulier mouvement nous précipite vers la fin de toute chose.

4. LA MESSAGÈRE

Notre rencontre avec Éliane Weisperger, nièce de l'une des membres les plus influentes – et contestées – de l'ISPM, a vite revêtu une importance fondamentale dans notre travail sur les anges. En nous donnant accès aux travaux de sa tante ainsi qu'à sa pensée, Éliane nous a permis de clarifier un sujet dont l'opacité a maintes fois failli nous décourager. Elle nous a, surtout, aidé à établir une distinction entre discours exotérique (les anges tels qu'ils sont présentés au grand public, et compris par lui) et connaissance intime du sujet, partagée par quelques rares spécialistes.

Née à Bâle en 1903 d'un père pasteur et d'une mère morte en couches, Simone Weisperger intègre très tôt les cercles intellectuels suisses. La fréquentation de Carl Gustav Jung, à Zurich, dès les années 1920-1921, exercera sur son esprit une profonde influence. Elle suit une formation de psychanalyste – il semble toutefois qu'elle n'exercera jamais – parallèlement à des études de médecine. Esprit libre et frondeur, elle rencontre notamment Herman Hesse, avec lequel on lui prête une brève liaison, et le mystique juif Siegmund Hurwitz. En 1925, elle se rend aux États-Unis avec Jung et quelques amis, et visite à leurs côtés le Grand Canyon, l'Arizona et le Nouveau-Mexique. Ses entrevues avec Antonio Mirabal, chef de la tribu hopi surnommé « Lac des montagnes », la marquent profondément. Elle aura avec lui trois conversations secrètes « longues de plusieurs jours ». Un incident d'une nature inconnue la pousse à écourter son séjour et à regagner précipitamment l'Europe pour terminer ses études de médecine.

Simone Weisperger, qui ne se mariera jamais et n'aura jamais d'enfant, « par conviction et par éthique », travaille apparemment pour les services de renseignements anglais au cours des années 1930 à Vienne. Elle émigre à Londres peu de temps avant la Seconde Guerre mondiale et ne regagne la Suisse qu'en 1951. S'établissant à Genève comme médecin, elle entame une correspondance avec Wolfgang Füssli quelques années plus tard. En 1967, elle fait partie des premiers membres de l'ISPM. Son séjour sera souvent houleux : différends idéologiques et querelles d'intérêt l'éloignent peu à peu de l'équipe dirigeante. En 1980, quelques mois après la mort du père Neri, elle quitte l'Institut et part s'installer à Luzerne puis à Côme, en Italie, et enfin à Rome, où elle s'installe chez sa sœur aînée alors âgée de quatre-vingt-trois ans. Elle y finira ses jours quelques années plus tard.

Née en 1938, Éliane Weisperger, fille de la sœur en question, vit encore à Rome aujourd'hui. Il nous faudra dix jours pour la retrouver, et deux semaines encore pour la convaincre du bien-fondé de nos intentions.

À l'instar de son aïeule, Éliane Weisperger est une femme sans concession, dotée d'un sens critique aiguisé et d'une impressionnante rectitude morale. L'entretien divulgué en ces pages, réarrangé par nos soins, a été réalisé *de visu*, puis par mail et par téléphone, sur une période de plusieurs mois. Il a été validé par la principale intéressée et éclaire d'une lumière nouvelle tout le reste de cet ouvrage.

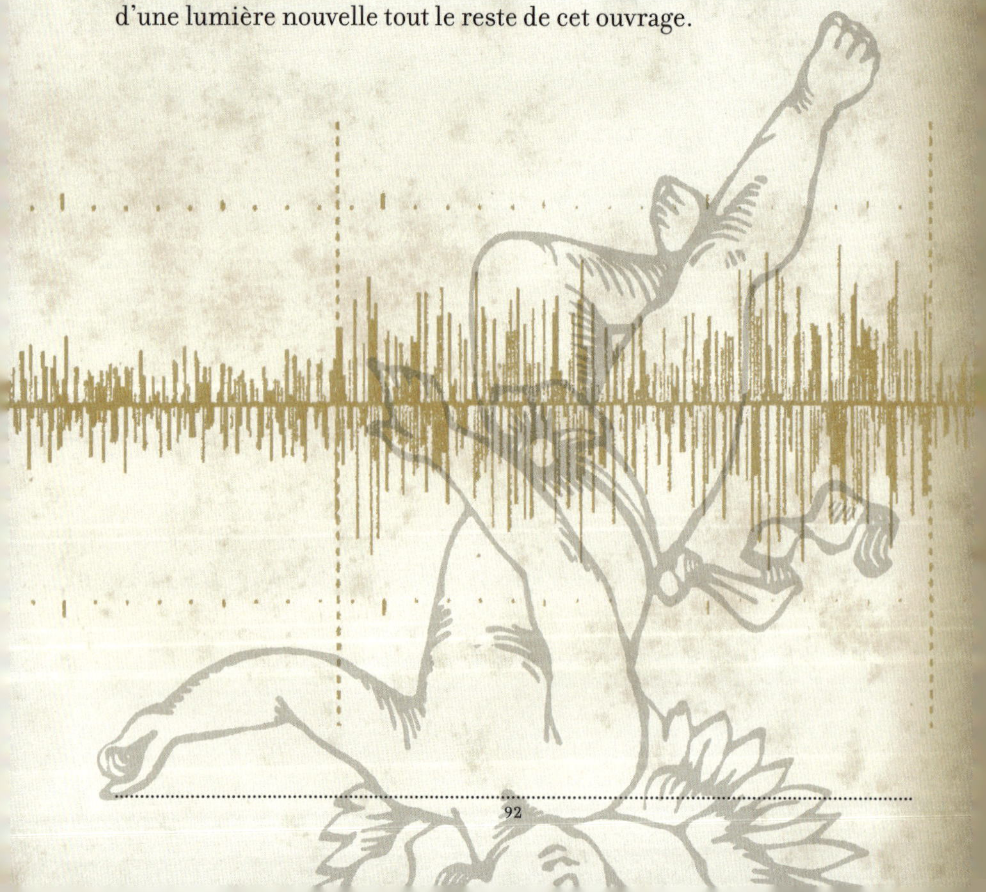

ENTRETIEN AVEC Éliane Weisperger

LES CARNETS **Pouvez-vous vous présenter en quelques mots pour nos lecteurs ?**

ÉLIANE W. Je présume que mon nom est déjà connu d'eux à ce stade. Je suis née à Genève en 1938. Ma mère était la sœur de Simone Weisperger. Ma tante est venue habiter chez nous en 1980, trois semaines à peine après son départ de l'ISPM, et nous nous sommes tout de suite très bien entendues. Ma mère est morte en décembre de cette même année. Simone continuait à travailler activement sur ses dossiers – son intérêt pour le métanaturel n'avait nullement faibli. Elle avait besoin d'une secrétaire et j'étais sans emploi.

LES CARNETS **Quelle profession exerciez-vous au préalable ?**

ÉLIANE W. Je suis titulaire d'un diplôme d'anthropologie comparée et d'une maîtrise de théologie. J'ai exercé quelques années comme professeur à l'université de Genève, que j'ai quittée dans les années 1970 pour, disons, divergences d'opinion. J'ai écrit quelques ouvrages consacrés à la folie et aux visions mystiques, dont le succès est resté plus que confidentiel. J'ai également enseigné l'anglais et le français aux rejetons de riches familles genevoises.

LES CARNETS **Quelle était la nature des relations que vous entreteniez avec votre tante ?**

ÉLIANE W. Respectueuses et teintées d'une constante émulation intellectuelle. À la mort de ma mère, Simone a acheté l'appartement voisin. Nous étions sur le même palier ! Je vivais ma vie, elle vivait la sienne. Mais nous travaillions ensemble de sept à huit heures par jour. Ma tante était une femme très matinale – elle avait toujours souffert d'insomnie. Les journées commençaient à six heures du matin autour d'une tassé de thé. Simone m'entretenait des tâches à accomplir, puis nous nous mettions à l'ouvrage. Nous nous arrêtions aux alentours de 14 heures. Alors, nous allions déjeuner. En ce qui concernait le travail, la journée était terminée. Plus tard, nous avons déménagé. La routine s'est répétée à Côme et, dans une moindre mesure, à Rome : ma tante, alors, ressentait les effets du grand âge. Son rythme de travail s'était ralenti.

LES CARNETS **Pouvez-vous nous préciser en quoi consistait votre travail ?**

ÉLIANE W. Il s'articulait autour de trois grands axes : la correspondance (ma tante recevait quatre ou cinq lettres par jour, certaines très longues, quand il ne s'agissait pas de véritables manuscrits – pour une raison que j'ignore, une multitude de personnes étaient persuadées que ma tante avait le pouvoir de faire publier des livres), la saisie de textes, anciens ou inédits, et les questions administratives, judiciaires, etc. L'ISPM nous cherchait des noises mais il n'était pas le seul. Ma tante était en butte aux vexations d'un certain nombre de groupuscules qui faisaient peser sur elle des menaces plus ou moins concrètes. Ce n'était pas quelqu'un de craintif mais elle veillait à sa sécurité et il lui fallait prendre des dispositions.

LES CARNETS **Ce qui nous intéresse au premier chef, bien sûr, ce sont les écrits théoriques. Vous avez parlé de textes anciens ou inédits. Pouvez-vous expliciter ?**

ÉLIANE W. Il était question, d'une part, de revoir et de corriger des textes de son cru, rédigés au cours de ses années à l'Institut, voire antérieurement et, de l'autre, de coucher par écrit ses réflexions les plus récentes, consécutives, en particulier, à ses entretiens avec Neri, mais pas seulement. Tout ce travail ne concernait pas forcément l'angélologie, loin s'en faut. Je crois cependant que c'est ce qui vous intéresse au premier chef.

LES CARNETS **Effectivement. Pour entrer dans le vif du sujet, nous aimerions nous permettre, en préambule, une question provocatrice : votre tante croyait-elle aux anges ?**

ÉLIANE W. Tout dépend de ce que l'on entend par le mot « ange ». Ma tante ne se passionnait pas exactement pour le folklore biblique : les hiérarchies, les anges gardiens, etc. Certes, cela l'intéressait en tant que base de travail. À l'instar de certains kabbalistes cependant, elle considérait les textes sacrés, non comme une vérité première, mais comme un ensemble codé recouvrant une réalité bien plus complexe que celle perçue par le commun des mortels. Peu à peu, il me semble, elle s'est éloignée du Livre. Elle lui préférait l'humain, l'expérience concrète.

LES CARNETS **Était-elle athée ? Agnostique ?**

ÉLIANE W. Elle n'était pas athée au sens strict du terme. Elle croyait en l'existence de quelque chose. Elle appelait parfois ce quelque chose « dieu », mais c'était par pur confort, voire esprit de provocation parce que, dans son esprit, une fois encore, ce terme désignait un concept autrement complexe, et que l'idée d'une personnalité unique et bienveillante était pour elle une insulte à l'intelligence. Elle n'était nullement chrétienne, et encore moins bouddhiste ou quoi que ce soit de ce genre. En revanche, elle considérait chaque religion avec un intérêt égal. Pour elle, et dans le cadre d'une démarche empirique, il y avait des éléments intéressants à piocher dans tout dogme. Elle s'était, au fond, créé sa propre cosmogonie.

CATÉCHISME DE L'ÉGLISE CATHOLIQUE (1992)
L'existence des anges, une vérité de foi

328
L'existence des êtres spirituels, non corporels, que l'Écriture sainte nomme habituellement anges, est une vérité de foi. Le témoignage de l'Écriture est aussi net que l'unanimité de la Tradition.

329
Saint Augustin dit à leur sujet : « "Ange" désigne la fonction, non la nature. Tu demandes comment s'appelle cette nature ? – Esprit. Tu demandes la fonction ? – Ange. D'après ce qu'il est, c'est un esprit, d'après ce qu'il fait, c'est un ange. » De tout leur être, les anges sont serviteurs et messagers de Dieu. Parce qu'ils contemplent « constamment la face de mon Père qui est aux cieux » (Mt XVIII, 10), ils sont « les ouvriers de sa parole, attentifs au son de sa parole » (Ps CIII, 20).

330
En tant que créatures purement spirituelles, ils ont intelligence et volonté : ils sont des créatures personnelles et immortelles. Ils dépassent en perfection toutes les créatures visibles. L'éclat de leur gloire en témoigne.

LES CARNETS **En partageait-elle les grandes lignes avec Neri ?**

ÉLIANE W. Oh ! non. Ils étaient en désaccord sur bien des points. Ma tante prônait l'existence d'un principe originel en tant que force d'émanation angélique. Une énergie primale, une essence, un Grand Tout, si vous préférez.

LES CARNETS **Le big bang ?**

ÉLIANE W. Pourquoi pas ? Les noms ne sont pas importants. Songez à une énergie préexistant à tout le reste, une énergie baignant les choses et les êtres.

LES CARNETS **C'est de cette énergie que proviennent les anges ?**

ÉLIANE W. Au sens où ma tante l'entendait, oui. Neri pensait que les anges agissent de leur propre chef. Pas elle. Au fond, elle était plus traditionaliste que lui !

LES CARNETS **Comment votre tante définissait-elle les anges ?**

ÉLIANE W. Émanations. Présences. Des êtres supérieurs, dont l'esprit humain n'est pas à même de saisir la complexité. Pour « comprendre » les anges, il faut se faire voyant, un peu au sens rimbaldien du terme. Il faut laisser derrière soi les vieux schémas de pensée, abandonner la logique, l'histoire, les procédés dialectiques traditionnels. Il s'agit, en somme, de réinventer une pensée, une perception.

LES CARNETS **Votre tante s'y employait.**

ÉLIANE W. Oui. *[Rires.]* Elle adorait les défis. Plus sérieusement, elle n'établissait pas d'opposition rigoureuse entre la réalité scientifique et le dogme religieux. Elle détestait la science lorsque la science se montre péremptoire, fixe ses propres limites. Mais en tant qu'instrument d'investigation d'une réalité infra ou supra-sensible, elle la respectait au plus haut point.

LES CARNETS **Revenons-en aux anges. Où vivent-ils ?**

ÉLIANE W. Dans une autre dimension.

LES CARNETS **Pouvez-vous définir cette dimension ?**

ÉLIANE W. Un royaume de pure énergie. Un monde vibratoire, un plan astral, pour reprendre la terminologie *new age* en vigueur. Plus proche du divin que le nôtre, assurément. C'est un lieu de silence, de création, de lumière. On ne peut pas s'avancer plus. Les mots se heurtent à une réalité non euclidienne.

LES CARNETS **L'existence des anges est-elle antérieure à celle des humains ?**

ÉLIANE W. Les anges ont, d'une certaine façon, toujours été là. Ils se trouvaient là au moment de la création du monde, bien que sous une forme différente. Les concepts de temps ne s'appliquent pas de la même façon à eux qu'à nous. Le temps linéaire ne les concerne pas. Ce que nous, nous appelons temps n'est en réalité que la tangente du temps circulaire qui les intéresse. Ils ne vieillissent pas, ne connaissent pas la mort. Il n'est pas impossible, même si ma tante restait circonspecte sur ce point, qu'ils puissent voyager dans le passé ou le futur, voire modeler le temps.

LES CARNETS **Comment définiriez-vous leur nature ?**

ÉLIANE W. On ne peut pas affirmer quoi que ce soit non plus sur leur forme. Ceux qui s'y résignent font preuve de paresse intellectuelle. Les anges ne possèdent pas d'apparence définie, ils ne sont pas liés par une structure. Ils sont informels mais peuvent revêtir une apparence qui est fonction de leur milieu et, éventuellement, des croyances, des attentes – voire des peurs – du témoin. En ce sens, on peut presque leur attribuer une qualité quantique : ce qu'ils sont dépend de celui qui les regarde. Ils ne prennent une forme consistante – je pense à l'image archétypale, avec les ailes, la lumière – que pour nous être intelligibles, se conformer à ce que nous attendons d'eux ou, au contraire, déclencher une réaction : on ne voit jamais un ange ou un démon par hasard. On peut aussi ajouter qu'ils sont individualisés mais capables de se fondre dans une quantité plus vaste. Les traditions ésotériques décrivent des véhicules de vie, d'émotions, des composantes physiques, émotionnelles, mentales, intuitives, plus ou moins élevées. Une sorte de présence éthérique. On trouve, dans le Nouveau Testament, cette parole de Paul : « Par la foi nous comprenons que les mondes sont structurés par la parole de Dieu, de sorte que les choses que nous voyons ne sont pas faites des choses qui sont apparentes. »

LES CARNETS **Que pouvons-nous dire, puisque, au fond, c'est ce qui nous intéresse au premier chef, de leurs contacts avec les humains ? De la nature de leurs interactions avec eux ?**

ÉLIANE W. C'est une question éminemment complexe, comme toutes celles qui tentent de cerner leur nature au moyen d'outils purement humains, justement. Nous pouvons essayer de schématiser, même si ma tante répugnait à le faire – elle aurait passé des jours entiers à vous répondre. La question centrale est celle de l'incarnation. La nature des anges est différente de la nôtre. Elle n'est pas physique au sens où nous l'entendons. Leur intérêt envers les hommes est réel mais mal défini et variable. Il faut comprendre que l'esprit d'un ange, si un tel esprit existe, n'est en rien comparable à celui d'un humain. On pourrait dire qu'il ne fonctionne pas sur les mêmes fréquences, ou que ce que nous appelons « logique » n'a aucun sens pour lui. Les notions de causalité ne concernent pas les anges. Il existe, indubitablement, un principe de plaisir chez *certains d'entre eux*. Ceux-là aiment interagir. Par la possession. Par les rêves. Par l'inconscient. Par une simple présence. Ils prennent leur rôle de messagers très à cœur. « Les anges sont des esprits, mais ce n'est pas parce qu'ils sont des esprits qu'ils sont des anges. Ils deviennent des anges quand ils sont envoyés en mission. En effet, le nom d'ange fait référence à leur fonction et non à leur nature. Si vous voulez savoir le nom de leur nature, ce sont des esprits ; si vous voulez savoir le nom de leur fonction, ce sont des anges, ce qui signifie messager », écrit saint Augustin.

D'autres anges préfèrent exercer un contrôle. Ils se servent de l'humain. Ils l'étudient. Les modalités de cette étude varient à travers les siècles, mais elles reposent sur un invariant : l'affirmation d'une supériorité absolue sur la race humaine.

LES CARNETS **Simone Weisperger avait coutume d'établir une distinction entre les anges « abstraits » et les anges « actifs ». Est-ce bien de cela qu'il s'agit ?**

ÉLIANE W. En effet, et ce sujet était bien l'une des pierres angulaires de son travail, qui s'appuie sur des décennies d'études, de correspondances et d'entretiens avec des particuliers à travers le monde, mais aussi avec des institutions aussi diverses que le Vatican, l'Observatoire des sectes, certaines de ces sectes elles-mêmes, les Hôpitaux de Paris et plusieurs institutions psychiatriques, en Allemagne, en Suède et aux États-Unis. Une fois encore, il est très tentant, en matière d'angélologie, de recourir à des schémas simplificateurs, de pécher par anthropomorphisme, de recourir à des images bibliques de carnaval. Les religions monothéistes ont miné le terrain : elles ont imposé au monde une certaine imagerie, des schémas préconçus. Saint Thomas d'Aquin, pourtant, nous met en garde : « Les substances angéliques étant supérieures à notre intelligence, celle-ci ne saurait les appréhender selon ce qu'elles sont en elles-mêmes. » Mais ce que ma tante appelait l'« intelligence religieuse », une sorte d'intuition métaphysique, s'est diluée au fil des siècles dans une pensée en vase clos couplée à une volonté de contrôle. Ce que nous savons des anges va bien souvent à l'encontre de ce magma d'idées reçues, des archétypes autophages de la dévotion populaire, même si le folklore déiste n'est pas entièrement dépourvu de fondements. Les anges, par exemple, n'ont pas de raisons particulières de posséder des ailes ou de se vêtir de longues robes blanches – même si certains aiment « se montrer » ainsi, et, certes, l'idée d'un ange gardien, penché sur l'épaule de chaque être humain, relève de l'absurdité.

Saint Thomas d'Aquin.

LES CARNETS **Vous rejetez l'existence des anges gardiens ?**

ÉLIANE W. L'idée qu'un ange ait été assigné à chaque être humain selon des modalités calendaires est une aberration mièvre. Une littérature abondante a été consacrée aux anges gardiens. Ils évolueraient sur une fréquence vibratoire légèrement plus élevée et communiqueraient avec nous par rêves, coïncidences – leurs supporters prétendent qu'ils sont la « petite voix » qui résonne parfois dans notre tête. Autrement dit, ils seraient notre conscience – une sorte de Jiminy Cricket, « fais pas ci, fais pas ça » : c'est une invention très symptomatique de notre époque, qui affirme la prédominance béate du bien et rejette le mal comme un concept noirci au charbon, orné d'une tête de mort, sans doute, en guise d'avertissement. C'est un truisme de dire que le bien n'existe que si le mal lui répond, que la dynamique de l'existence humaine s'articule autour de ce conflit incessant et nécessaire, mais ce jeu d'équilibre ne concerne que les hommes, et son invention est somme toute assez récente. Je vais vous donner un exemple, une histoire classique, racontée à ma tante par une vieille femme dans les années 1970. Cette personne, dans sa jeunesse, avait raté un train, à la suite d'une série de coïncidences extraordinaires, et ce train avait eu un accident, dans lequel une cinquantaine de personnes avaient péri. D'après son billet, elle aurait dû faire partie du nombre. Que pouvons-nous en conclure ? Que les anges gardiens des autres passagers ne s'étaient pas donné la peine de prévenir leurs propres protégés ? Et pour quelle raison ? Notre correspondante avouait elle-même n'avoir commencé à croire aux anges gardiens qu'*après* cet événement. Autrement dit, elle plaquait une belle histoire sur une simple manifestation de la loi du chaos. Songez à ceci : on peut supposer qu'Hitler a failli mourir à maintes reprises durant sa jeunesse, et je ne parle même pas de la guerre. Aurait-il traversé telle rue viennoise un peu plus tôt qu'un tramway l'aurait renversé. Doit-on voir dans ce non-événement l'ingérence d'un ange gardien ?

Un ange gardien qui, par sa négligence, son absence de vision à long terme, aurait permis l'extermination de millions de Juifs ? C'est une idée qui ne tient pas. Les anges gardiens sont un conte de fées, rien de plus.

Notes théologiques ou degrés de certitude des vérités théologiques relatives aux anges

Il est une vérité de foi (*de fide*) que :
- au commencement des temps, Dieu a créé du néant des êtres spirituels, les anges ;
- la nature des anges est spirituelle ;
- une partie des anges s'est détournée de Dieu et se tient à son égard dans une hostilité éternelle ;
- les mauvais anges (les démons) ont été créés bons par Dieu ; ils sont devenus mauvais par leur propre faute ;
- en raison du péché d'Adam, les démons possèdent une certaine domination sur les hommes ;
- la tâche secondaire des saints anges est la protection des hommes et le souci de leur salut.

Il est une vérité certaine (*sententia certa*) que :
- Dieu a fixé aux anges une fin surnaturelle, la vision directe de Dieu, et les a ornés de la grâce sanctifiante pour l'atteindre ;
- les anges ne se propagent pas ou ne s'engendrent pas ;
- la tâche première des saints anges est la glorification et le service de Dieu ;
- chaque fidèle possède, depuis son baptême, son saint ange gardien particulier ;
- (relativement aux anges déchus) les anges furent soumis à une épreuve morale.

Il est une vérité commune à presque tous les théologiens (*sententia communis*) que :
- les anges sont par nature immortels ;
- (relativement aux saints anges) les anges furent soumis à une épreuve morale ;
- tout homme, même infidèle, a, dès sa naissance, son saint ange gardien particulier.

LES CARNETS **Nous voudrions revenir à cette dichotomie angélique. Anges abstraits et anges actifs. Comment analysez-vous cette scission ?**

ÉLIANE W. Évacuons d'emblée, si vous le voulez bien, la question du bien et du mal. Ainsi que nous l'avons établi, ces concepts sont aussi dépourvus de sens aux yeux des anges qu'ils pouvaient l'être pour les hommes de la préhistoire. Les anges actifs – ceux que d'autres appellent anges déchus – nous portent un intérêt réel : ils s'incarnent en nous, se manifestent. Les anges abstraits se rapprochent plus des créatures immatérielles, élevées, décrites par la Bible. Ils ne se montrent pas aux humains, n'interagissent pas avec eux et ne manifestent leur présence qu'en cas d'absolue nécessité.

LES CARNETS **Comment, dans ce cas, connaissons-nous leur existence ?**

ÉLIANE W. Plusieurs réponses : d'abord, la nécessité absolue que j'évoque est une rareté mais pas une impossibilité ; des cas ont été répertoriés. Les théologiens l'affirment : « Dieu seul peut agir directement sur notre intelligence ; l'ange agira sur elle par l'intermédiaire de la partie sensible de notre être. Il peut, par exemple, revêtir un corps d'emprunt comme Raphaël (Tob., XII, 19). Il peut influer sur nos sens et créer une sorte d'hallucination. Il peut surtout intervenir dans notre imagination, dans ce creuset où d'une façon si étrange se fondent, se forment et se coordonnent les images. Ordinairement, cette dernière action nous échappe parce qu'elle se moule sur notre activité naturelle ; nous appelons cela, suivant les moments, rêve prophétique, intuition ou pressentiment, illumination ou inspiration, bonne pensée, idée pieuse… » Les anges dits abstraits entretiennent une relation dominant/dominé avec les humains : ils les influencent, s'invitent dans leurs rêves, etc. Les anges « actifs » ont plus souvent qu'à leur tour dénoncé les pratiques de leurs congénères.

LES CARNETS **Revenons un instant sur cette notion de contrôle. Pouvez-vous l'expliciter pour nos lecteurs ?**

ÉLIANE W. Les anges abstraits ne sont pas intéressés par le devenir de l'humanité ou par son épanouissement. Ils considèrent la race humaine comme un objet d'étude et d'expérimentation et, au final, une sorte de nutriment psychique, de combustible. Est-ce un hasard si l'hyperthermie n'est pas rare chez les mystiques ? Ces anges-là ont un but : rapprocher l'homme de Dieu sur un plan énergétique. Pas se rapprocher de lui.

LES CARNETS **On est assez loin de la notion de « messagers » étymologiquement correcte.**

ÉLIANE W. Vous avez raison. La plupart des humains voient, ou veulent voir les anges comme des êtres bienveillants, ce qui est une absurdité. Les anges ne sont ni bienveillants ni malveillants. Ils sont ici, à nos côtés. Imaginez une amibe. Sommes-nous bienveillants à ses yeux ? La question n'a pas de sens. Nous pouvons nous intéresser aux amibes en tant que créatures, mais cela ne va pas plus loin.

LES CARNETS **Sommes-nous des amibes aux yeux des anges abstraits ?**

ÉLIANE W. L'analogie peut sembler exagérée. Les anges s'intéressent à ce que l'on peut appeler notre production psychique – les déchets, comme disait ma tante : les rêves, les névroses, les émotions. Elle les fascine car elle leur est étrangère. En ce sens, ce sont des êtres d'une pureté glacée. Les anges abstraits prêtent attention à notre rapport au Tout, au plan supérieur, à Dieu. Nos capacités de vénération, de méditation, d'étude, notre faculté à entrer en contact avec les plans supérieurs pour, éventuellement, les nourrir, voilà ce qui les interroge. Nos rêves : ils les manipulent. Nous sommes des producteurs à leurs yeux. Les anges actifs ne partagent pas ce point de vue. Ils désirent se mêler à nous. Ils désirent mieux nous connaître, ressentir ce que nous ressentons. Ils nous voient comme une source de plaisir et de connaissance. Ils veulent, parfois, être nous.

LES CARNETS **Alors que les anges dits abstraits…**

ÉLIANE W. … nous considèrent comme une source d'énergie, absolument.

LES CARNETS **Ce sont deux façons très différentes de considérer la question.**

ÉLIANE W. À tout le moins.

LES CARNETS **Votre tante va jusqu'à évoquer un schisme.**

ÉLIANE W. Il existe une opposition fondamentale. La dater ne serait ni réaliste ni pertinent. Ma tante pensait que cette opposition a toujours existé, que sa dynamique même est nécessaire aux anges. C'est un peu le système du bipartisme politique : on a toujours besoin de l'autre. Les anges actifs désirent se lier à nous par l'extase, le contact direct. Les anges abstraits veulent modeler notre esprit.

LES CARNETS **Non sans succès, d'après votre tante.**

ÉLIANE W. La présence des anges abstraits dans nos existences est une réalité, depuis deux millénaires au moins. On peut penser que la plupart des dogmes monothéistes sont inspirés par leur présence – de l'annonce faite à Marie aux visions de Mahomet en passant par l'échelle de Jacob. En ce sens, l'action de ces entités est un succès. En ce qui concerne les anges actifs, le résultat est beaucoup moins probant, peut-être parce qu'il ne sert pas un but concret.

LES CARNETS **Le but est le plaisir.**

ÉLIANE W. Le plaisir n'est pas un but. Ma tante utilisait souvent cet exemple : imaginez que vous vous trouviez au zoo, devant la cage aux singes. Ces primates vous fascinent. Muni d'un fusil à seringues, vous en endormez un ou deux, allez les étudier, les disséquer peut-être, ou bien vous leur apprenez à compter, à reconnaître les couleurs, etc. Peut-être arriverez-vous à faire d'eux vos esclaves. Peut-être vous en servirez-vous comme objets d'expérimentations médicales. Votre but, en tout cas, est uniquement utilitaire. Vous vous moquez des singes en tant que tels, vous ne les considérez pas comme des égaux, vous ne vous placez pas sur le même plan : vous êtes un ange abstrait. Mais il existe une autre attitude : vous entrez dans la cage aux singes, vous partagez leur nourriture, vous vous mettez tout nu, vous aussi. Vous cherchez les poux des petits. Vous sautez de branche en branche. Vous vous « faites singe » : vous voulez connaître l'expérience intime de cette existence, au moins une fois. Vous êtes un ange actif.

LES CARNETS **Votre tante laisse entendre que le schisme entre les deux « familles d'anges » aurait eu des conséquences réelles et concrètes sur notre monde.**

ÉLIANE W. C'est ce que nous pensons, oui. Les activités des anges passifs entrent clairement en conflit avec celles des autres, premièrement parce que les risques d'interférence sont réels (le sujet d'étude cesse d'être un sujet d'étude si celui qui l'étudie entre en contact direct et exprimé avec lui), deuxièmement parce que les anges abstraits craignent que leurs exactions ne soient révélées, contrecarrées, « mises en lumière » par les autres. C'est bien l'objet de la thématique luciférienne : Lucifer est le porteur de vérité. Il peut détourner l'humain de Dieu.

LES CARNETS **En affirmant la prédominance de l'expérience concrète ?**

ÉLIANE W. Oui, mais pas seulement. Le danger est de dire à l'homme : ce Dieu auquel vous croyez, vous n'êtes que des insectes à ses yeux. Mais il a plus besoin de vous que vous n'avez besoin de lui.

LES CARNETS **Et les conséquences du schisme ? Une sorte de punition, de mise à l'index ?**

ÉLIANE W. Il n'est pas impossible que certains anges aient été réellement « déchus » : ramenés à une condition humaine, dans certains cas extrêmes. Rendus au temps, surtout.

LES CARNETS **La punition ultime.**

ÉLIANE W. Assurément, et on touche là, par extension, à des domaines aussi sombres que dangereux. L'objet de la démonologie n'est rien d'autre que d'entrer en contact avec ces créatures mises à l'index, ravalées au rang d'habitants d'un monde très inférieur : le nôtre. Les démons, les anges déchus ne sont rien d'autre que des habitants des plans supérieurs en exil condamnés à une temporalité linéaire. La solitude, dans la plupart des cas, les a rendus fous. Certains se retranchent, s'enterrent, se font oublier. Ils s'enkystent. D'autres, perdu pour perdu, continuent d'interagir avec les humains. De plus en plus, peut-être.

LES CARNETS **Vous évoquiez tout à l'heure les contacts de Simone Weisperger avec des institutions psychiatriques, notamment. À quoi ressemble un cas de possession angélique ?**

ÉLIANE W. Il existe autant de réponses que de cas. Je vous renvoie aux études de Neri, si contestables soient-elles. Chaque processus est unique. Il existe des possessions très brèves, temporaires, qui peuvent être confondues avec des syndromes neurologiques classiques. Un vertige, une sensation de frôlement, le développement d'une névrose paranoïaque, mais aussi la conversion hystérique, la démence pure, les cauchemars, la violence, les suicides – tout cela peut émaner d'un ange, du passage d'un ange. Les quelques exorcistes sérieux qui travaillent encore, en Europe par exemple, sont en mesure d'en témoigner, même s'ils parviennent rarement ne serait-ce qu'à entrevoir la réalité des cas qui leur sont soumis ; paradoxalement, ces gens-là se montrent souvent sceptiques à l'excès.

LES CARNETS **Votre tante pensait-elle que certains anges déchus étaient présents sur cette terre, sous forme physique ? Pensait-elle en avoir rencontré ?**

ÉLIANE W. Directement ? Une fois ou deux, même si je n'aime pas ce terme de "rencontre". Elle en parlait peu. Elle s'intéressait à l'humain, avant tout. Elle a rencontré des hommes et des femmes prétendant avoir eu un contact direct avec un ange, oui. Parfois, elle les croyait.

LES CARNETS **Sur la foi de quoi ?**

ÉLIANE W. La nature du récit. Quelques stigmates.

LES CARNETS **Stigmates ?**

ÉLIANE W. Des marques physiques. Brûlures ou autres. Elle a personnellement rencontré trois personnes devenues aveugles, au sujet desquelles la médecine moderne se déclarait impuissante, et qui prétendaient avoir regardé des anges « en face ».

LES CARNETS **Nous avons pris la liberté d'inclure, dans notre histoire des anges, un chapitre sur les ovnis, car il nous a semblé que les deux phénomènes étaient assez similaires : des témoins dignes de foi, des visites mystérieuses, une existence qui**

bascule. De surcroît, il nous semble que les extraterrestres, comme les anges, ont été réduits à une représentation schématique et symbolique – petits hommes verts, en gros – qui a fini par contaminer le réel, imposant ses archétypes à l'esprit humain. Qu'en pensez-vous ?

ÉLIANE W. Pas grand-chose. Il n'est pas impossible que des esprits peu religieux, confrontés à une manifestation angélique, aient préféré « opter » pour le folklore ovni. Mais je ne crois pas aux soucoupes volantes. Les anges abstraits nous surveillent dans le but terminal, me semble-t-il, de nous agglomérer à un plan d'existence supérieure, à une source d'énergie primale dont ils sont eux-mêmes issus : voilà une réalité « crédible ». En revanche, je ne vois pas très bien quel intérêt des extraterrestres possédant la technologie nécessaire pour traverser une galaxie pourraient trouver à enlever sempiternellement les mêmes paysans américains du Middle West.

LES CARNETS **Les anges actifs – anges déchus, si nous avons bien compris – entendent-ils se venger des autres ? Y a-t-il une véritable bataille angélique ?**

ÉLIANE W. Évidemment non. C'est une idée absurde. Nous ne sommes pas dans *Le Seigneur des anneaux*. Les concepts de haine, de vengeance, de rancœur, etc., sont purement et exclusivement humains. Et s'il est une idée communément admise avec laquelle nous nous sentons en accord, c'est bien celle-ci : les anges forment une société très organisée, une société qui ne connaît ni discorde, ni jalousie, ni violence. Chacun de ses membres vit en harmonie avec ses pairs, aucun ne se sent préféré ni rejeté. Les anges, quels qu'ils soient, ne s'inscrivent en rien dans une logique de combat, d'affrontement. Ils participent d'un principe divin – il n'est même pas certain qu'ils se conçoivent comme des entités individuelles. Les événements se déroulent sur un plan subtil, non physique. Les actions entraînent des réactions.

LES CARNETS **De quelle nature ?**

ÉLIANE W. Le principe fondateur, contrairement à ce qu'on a pu entendre çà et là, n'est pas celui de l'amour. Les anges n'ont que faire de l'amour, de sa chimie, de ses illusions. Ils font partie d'un équilibre. Quand certains s'en écartent trop, les autres s'efforcent de faire pencher la balance de l'autre côté. Les difficultés vécues par les anges dits actifs pour se mêler aux humains se sont accrues au cours du dernier siècle, et cela n'est certainement pas dû au hasard. Ma tante évoquait une modification des courants, des échanges. Les anges actifs veulent se voir, et se vivre, comme des véhicules de nos expériences émotionnelles, et il semble que les transferts d'énergie, les projections émotionnelles et mentales de l'homme aient occasionné des perturbations à ce niveau, et donc une réaction, une coupure des liens. On dit souvent que notre époque est très individualiste : cela non plus n'est pas fortuit.

LES CARNETS **Insinuez-vous que les anges se retirent des affaires humaines et qu'en conséquence nous perdons notre spiritualité ?**

ÉLIANE W. Il y a un peu de cela, oui. Et c'est un cercle vicieux. Car nous créons les anges ou, du moins, nous les maintenons en vie. Dans les plans astraux et émotionnels auxquels notre inconscient a accès, notre « pensée désireuse » peut créer des anges. La ligne entre illusion et réalité, entre folie et génie, est évidemment très mouvante, et beaucoup d'humains ont été induits en erreur, ont vu des ailes et des auréoles là où il n'y en avait pas. Mais pas tous. Désormais, nous nous détournons de la vraie Présence, et la parcelle du Tout qui vit au fond de notre âme brille d'une lumière moins féconde. Nos contacts avec la technologie, nos pensées rationnelles mettent à mal nos capacités de contact, de perception. Les anges, si vous préférez, pourraient commencer à penser que nous n'en valons pas la peine. Ils pourraient commencer à s'éloigner. Ils le font déjà. Nos psychoses ont changé : elles concernent moins le sacré, s'installent dans le plan physique, s'agglutinent autour de problématiques et de perceptions très « terrestres ». Je ne dis pas que c'est un mal en soi, mais force est de reconnaître que nous avons perdu le sens des transes dionysiaques, des bacchanales où l'esprit, en s'oubliant, pouvait laisser la place à l'âme.

LES CARNETS **Nous avons perdu notre âme ?**

ÉLIANE W. Une force en nous cesse de palpiter. Les anges, peu à peu, refluent vers l'immatériel.

LES CARNETS **Éprouvez-vous une tristesse à cette pensée ?**

ÉLIANE W. Un changement est en marche : je m'en tiens à ce constat. Il est trop tôt pour dire s'il s'agit ou non d'un processus irréversible, mais, je le répète, nous avons perdu un contact. Les cas de possession véritable se raréfient. Notre rapport à la religion s'est considérablement modifié. Regardez l'Islam, les radicalisations, songez aux maîtres anciens, à la parole vraie du Coran, par exemple. Nous sommes entrés dans l'ère de la superstition, de la double pensée – la carte s'est substituée au territoire.

LES CARNETS **Mais l'influence des anges déchus sur nos existences, rétrospectivement, peut-elle être considérée comme bénéfique ?**

ÉLIANE W. Encore une fois, nous sortons du sujet. La volonté d'un ange n'est ni maléfique ni bénéfique, pardonnez-moi de me répéter, et je ne suis même pas certaine qu'il existe une volonté. Je préfère le terme de dynamique. L'extase sexuelle ou mystique, la prise de stupéfiants, l'expérience du beau : autant de rapprochements possibles. Comment pourrait-on apposer une étiquette morale sur ces rapprochements ?

LES CARNETS **Cependant, les activités des anges déchus, que la Bible range dans le camp du mal, des démons, a tout de même eu des côtés néfastes, non ?**

ÉLIANE W. On a vu des anges à Auschwitz, au Rwanda, et lors de grandes catastrophes naturelles, oui. Il y a eu des témoignages. Les anges n'ont rien créé de ces horreurs, évidemment. Mais certains se sont nourris des émanations psychiques des victimes. Ils ont connu la terreur, l'abjection. Auraient-ils pu prendre parti ? Je ne le pense pas. Cela ne s'est jamais vu.

LES CARNETS **Nous pensions aussi, et surtout, à des cas de possessions ambigus. Que penser des massacres des sectes, des tueurs de masse, des tueurs en série se réclamant de Satan ?**

ÉLIANE W. Vous pouvez en penser ce que vous voulez et voir partout l'influence d'un ange, mais la vérité, c'est que dans quatre-vingt-dix-neuf pour cent des cas, l'humain seul est à l'œuvre. Très peu de cas résistent à un examen rationnel des faits. Le problème, c'est que, pour tout un tas de raisons, cet examen est rarement pratiqué.

LES CARNETS **Votre tante disposait-elle d'une méthodologie pour séparer le bon grain de l'ivraie parmi les témoignages qu'elle recevait ?**

ÉLIANE W. La discussion. Le temps. Tout ce que je suis en mesure d'affirmer, c'est qu'elle se méfiait comme de la peste des certitudes et des conclusions péremptoires, définitives.

LES CARNETS **Mais elle devait parfois être sûre d'elle, non ?**

ÉLIANE W. Cela lui est arrivé deux ou trois fois, d'après ce que j'ai compris. Des cas où la présence d'un ange était quasi irréfutable.

LES CARNETS **Pouvez-vous nous en parler ?**

ÉLIANE W. Il y avait cette femme en Pologne, à Lódź. Lorsqu'elle faisait l'amour à un homme, ce qu'elle ressentait excédait largement le plaisir sexuel. Elle se savait « véhicule ». Elle a laissé des écrits considérables, en énochien, une langue qu'elle ne maîtrisait évidemment pas : elle était fleuriste. Ma tante a traduit certains de ses écrits. Il y a aussi ces frères jumeaux, dans un village irlandais. Ils recevaient des visions, avaient des discussions philosophiques avec diverses entités angéliques dans leur jardin. Ma tante entretenait par ailleurs des relations suivies avec plusieurs communautés, dont celle de Findhorn, en Écosse, dans les années 1960 et 1970.

LES CARNETS **Nous aimerions à présent revenir sur deux dates clés de l'histoire religieuse de notre civilisation : l'annonce faite à Marie et Jeanne d'Arc.**

ÉLIANE W. Eh bien ?

LES CARNETS **Nous souhaiterions savoir ce qu'en pensait votre tante.**

ÉLIANE W. Elle considérait ces deux cas avec le sérieux habituel qu'elle réservait aux faits religieux documentés, aux apparitions de la Vierge à travers l'histoire. Le cas de Marie est très particulier et pose un problème fondamental. Des anges abstraits semblent à l'œuvre, dans ce cas précis, car il s'agit d'une manipulation. L'immaculée conception pourrait être une réalité. La question est de savoir quel but elle servait.

L'annonce faite à Marie.

EXTRAIT DU PROCÈS DE ROUEN,

interrogatoire public du mardi 27 février 1431

L'ASSESSEUR. – Quelle est la voix qui, la première, vint à vous, quand vous aviez treize ans environ ?
JEANNE. – Ce fut saint Michel, je l'ai vu devant mes yeux ; il n'était pas seul, mais bien entouré d'anges du ciel.
L'ASSESSEUR. – Par quel conseil êtes-vous venue en France ?
JEANNE. – Je ne vins en France que sur l'ordre de Dieu.
L'ASSESSEUR. – Avez-vous vu saint Michel et les anges réellement et avec leurs corps ?
JEANNE. – Je les ai vus des yeux de mon corps aussi bien que je vous vois ; et quand ils s'éloignaient de moi, je pleurais et j'aurais bien voulu qu'ils m'emportassent avec eux.

LES CARNETS **Quelle était la position de votre tante en ce qui concerne les saints ?**

ÉLIANE W. Elle les voyait comme des personnes touchées par le divin, le sacré. Mais ce terme englobait beaucoup de choses à ses yeux.

LES CARNETS **Toute la Bible peut-elle être lue comme un récit symbolique ?**

ÉLIANE W. La Bible est un livre d'histoires, écrit après coup. Elle renferme certaines vérités, ésotériques ou non.

LES CARNETS **C'est très flou.**

ÉLIANE W. La Bible est un livre si vaste. Ma tante l'a lu un nombre incalculable de fois sans jamais en tirer de conclusions définitives.

LES CARNETS **Une tout autre question : peut-on, selon vous, invoquer un ange ?**

ÉLIANE W. Peut-être. Mais pas en traçant un pentacle sur le sol, en allumant une bougie ou en chantant des cantiques. L'interprétation des rêves, si vivaces soient-ils, n'est que cela : une interprétation. Trop de gens confondent leur inconscient avec un autre monde, tout simplement parce qu'ils n'entretiennent avec lui que des relations très limitées. Les hommes et les femmes qui ont connu la rencontre véritable n'en parleront jamais. Être en présence de l'être angélique, c'est faire l'expérience de l'Altérité, de l'Étrangeté fondamentales. C'est une expérience bouleversante, qui peut vous détruire ou vous réduire longtemps au silence, et vous change définitivement en tant que mortel.

L'ÉCRITURE SAINTE ET LA TRADITION nomment anges ces purs esprits qui dans l'épreuve fondamentale de la liberté ont choisi Dieu, sa gloire et son règne. Ils sont unis à Dieu à travers l'amour total qui jaillit de la béatifiante vision face à face de la Sainte Trinité. Jésus lui-même le dit : « Les anges aux cieux voient constamment la face de mon Père qui est aux cieux. » Ce « voient constamment la face du Père » est la manifestation la plus élevée de l'adoration de Dieu. On peut dire qu'elle constitue cette « liturgie céleste » accomplie au nom de tout l'univers, à laquelle s'associe incessamment la liturgie terrestre de l'Église, en particulier dans ses moments culminants. Il suffit de rappeler l'acte par lequel l'Église, chaque jour et à toute heure, dans le monde entier, au début de la prière eucharistique, au cœur de la sainte messe, rappelle « les anges et les archanges » pour chanter la gloire de Dieu trois fois saint, s'unissant par là à ces premiers adorateurs de Dieu, dans le culte et dans l'amoureuse connaissance du mystère ineffable de sa sainteté.

Toujours selon la Révélation, les anges, qui participent à la vie de la Trinité dans la lumière de la gloire, sont également appelés à participer à l'histoire du salut des hommes, dans les moments établis par le dessein de la Providence divine. « Est-ce que tous ne sont pas des esprits chargés d'un ministère, envoyés en service pour ceux qui doivent hériter du salut ? » demande l'auteur de la lettre aux Hébreux. Et cela, l'Église le croit et l'enseigne, sur la base de l'Écriture sainte dont nous apprenons que la tâche des bons anges est la protection des hommes et la sollicitude pour leur salut. Nous trouvons ces expressions en divers passages de l'Écriture, par exemple au psaume 91, plusieurs fois cité : « Il a donné pour toi ordre à ses anges de te garder en toutes tes voies. Eux sur leurs mains te porteront pour qu'à la pierre ton pied ne heurte. » Jésus lui-même, parlant des enfants et avertissant de ne pas les scandaliser, se réfère à « leurs anges ». Il attribue de plus aux anges la fonction de témoins au suprême jugement divin sur le sort de celui qui a reconnu ou nié le Christ : « Quiconque se déclarera pour moi devant les hommes, le Fils de l'Homme à son tour se déclarera pour lui devant les anges de Dieu. »

JEAN-PAUL II

Le livre du rassemblement des forces

PARTIE III

Les quarante-huit appels ou clés angéliques

Les appels ou clés qui suivent ne doivent être employés qu'avec les plus grandes précautions et la plus grande solennité ; spécialement s'ils sont prononcés dans le langage angélique que nous donnons. Quiconque les profane en les employant dans un esprit impur, et sans une connaissance exacte de leurs attribution et application, s'expose à de sérieux dangers spirituels et physiques.

La seconde clé est à employer comme invocation des anges des lettres EHNB représentant le gouvernement particulier de l'Esprit dans la Tablette d'union. Elle doit aussi précéder en second lieu toutes les invocations des anges de cette tablette. Comme la première clé, elle ne peut être usée lors des invocations des anges des quatre autres tablettes.

Les Ailes des Vents peuvent-elles Comprendre vos voix d'émerveillement, Ô Vous le Second du Premier que les flammes ardentes Ont charpenté Dans les profondeurs de mes mâchoires : Que j'ai préparé comme des Coupes pour une Noce Ou comme des fleurs en leur beauté Pour la Chambre du Juste. Vos pieds sont plus fermes Que la roche stérile et Plus puissantes vos voix que les Vents Nombreux. Car vous êtes Devenu Un édifice tel qu'il n'en Existe point hormis dans l'esprit du Tout-Puissant. Surgissez, Dit le Premier. Venez donc jusqu'à Vos serviteurs. Apparaissez En votre puissance et faites de moi Un grand prophète des choses, car je tiens de Lui Qui pour toujours existe.

Traduction énochienne
Adgt Vpaah Zong Om Faaip Sald Vi-I-V L Sobam Ial-Prg I-Za-Zaz Pi-Adph.
Casarma Abrang Ta Talho Paracleda Q Ta Lorslq Turbs Ooge Baltoh.
Givi Chis Lusd Orri Od Micalp Chis Bia Ozongon.
Lap Noan Trof Cors Ta Ge O Q Manin Ia-Idon.
Torzu Gohe L Zacar Eca C Noqod Zamran Micalzo Od Ozazm Vrelp Lap Zir Io-Iad.

LES CARNETS **Votre tante croyait-elle à l'immortalité ?**

ÉLIANE W. À une forme de permanence, à la cessation du temps linéaire, oui. Mais pas à l'immortalité de l'âme.

LES CARNETS **Doit-on, en ce qui la concerne, parler de rencontre inaugurale ?**

ÉLIANE W. Nous préférons parler de présence. « Être en présence », c'est vivre l'expérience de la rencontre en soi et se laisser changer par elle. Lorsque tout se passe bien, une coopération avec une réalité nouvelle se met en place. La réponse à votre question est « oui ».

LES CARNETS **Peut-on dater cette mise en présence ?**

ÉLIANE W. Elle remonte à 1925, en Arizona. Ma tante était victime de ce qu'elle appelait un « sentiment croissant d'inadéquation au monde ». Elle était à la recherche d'une grâce au-delà de la compréhension humaine, d'une sorte d'irritation de l'âme. Dans le désert, un matin, elle a connu ce qu'elle a décrit par la suite comme un moment de gloire non sollicité. Quelque chose dans la qualité de la lumière, dans l'essence du monde, qui n'était pas seulement de la beauté. Une tendresse intime, dévastatrice ; une voix intérieure qui n'avait rien à voir avec la sienne. Son champ de conscience avait été envahi, de façon très naturelle. Trois jours ont passé en un clin d'œil, m'a-t-elle raconté. Ceux qui la connaissaient la trouvaient changée : un autre regard, un sourire pâli mais permanent, une subtile inflexion de la voix. L'expérience angélique avait creusé un désir en elle, un appétit qu'elle n'aurait de cesse de rassasier.

LES CARNETS **Avez-vous connu une expérience semblable ?**

ÉLIANE W. Quelques flashs, rien de plus. Je n'ai jamais essayé de me convaincre moi-même, et je ne suis pas certaine que la rencontre avec l'ange soit une grâce que l'on puisse souhaiter pour soi. Une forme de sainteté en découle, mais il y a des

résistances à abattre, des résistances intérieures en premier lieu, et c'est un processus qui peut se révéler douloureux, voire éminemment destructeur. L'expérience de l'ange, c'est par ma tante que je l'ai faite. C'était une femme forte, une femme qui luttait sans cesse. Une autre qu'elle serait devenue mystique et serait partie pour l'Inde et aurait passé le restant

Ci-dessus : Indien hopi.

À droite : Arizona, 1919.

de sa vie à psalmodier béatement. Ma tante était d'une autre trempe. Elle a pris sa vie à bras-le-corps. Elle n'a jamais eu peur de ramer à contre-courant – en vérité, il n'existe aucun autre moyen d'atteindre la source.

LES CARNETS **Que pensez-vous de la récente popularité des anges, des livres et des sites qui fleurissent sur le sujet ?**

ÉLIANE W. Elle n'est que le reflet de l'aliénation et de l'isolement croissants de la population, de son besoin frénétique de sacré et, comme je le disais, de son rejet du mal en tant que force équilibrante. Il y a ici un paradoxe : plus les gens tentent de s'approcher de ceux qu'ils appellent « anges », plus, en vérité, ils s'en éloignent. L'angélologie est devenue aujourd'hui le refuge du faux : faux mystiques, faux croyants, faux poètes et faux prophètes.

LES CARNETS **Quelle était la nature des rapports de votre tante avec le père Neri ? L'avez-vous connu vous-même ?**

ÉLIANE W. Je ne l'ai pas rencontré personnellement. Lui et ma tante étaient plus que des confrères, c'est une certitude. Ils partageaient une connivence intellectuelle, et leur soif de savoir était immense. Pour le reste, tout les opposait – et je pense que c'est en partie pour cela qu'ils sont restés amis jusqu'à la fin : le père Neri était un homme angoissé, tourmenté même, dont l'univers s'effritait morceau par morceau. Sa vision du monde angélique était très sombre, et ma tante prétendait qu'à la fin de sa vie il souffrait de psychose hallucinatoire. Mais comme le dit le proverbe : ce n'est pas parce que je suis paranoïaque qu'« ils » n'en ont pas après moi. Le père Neri a vu ce qu'un humain ne devrait pas voir. Il a été en contact avec des puissances, c'est une certitude. Ma tante prétend qu'elle l'a vu saigner des oreilles, une fois : cela l'a profondément marquée. Elle était tout ce qu'il n'était pas : calme, posée, réfléchie ; elle cultivait une sorte de désespoir tranquille.

LES CARNETS **À la fin, c'est tout de même lui qui s'est suicidé.**

ÉLIANE W. Oui, parce qu'il avait perdu la foi.

LES CARNETS **Dans les dossiers du père Neri, il est fait mention d'innombrables cas de rencontres avec des anges plus ou moins documentés. Or nous ne parvenons pas à savoir ce que lui en pensait exactement. En avez-vous une idée ?**

ÉLIANE W. Neri était un faux sceptique, comme ces personnages de film qui descendent dans la cave d'une maison hantée, la nuit, feignant de croire, pour la caméra, que rien ne va arriver. Il savait que des forces étaient à l'œuvre, que « tout cela » n'était pas uniquement du folklore, du moins pas toujours. Il avait cru en une vision positive et lumineuse des anges, puis il avait cru le contraire. Ma tante n'était pas aussi fermée que lui, aussi obstinée, j'allais dire « obsédée », parce qu'elle n'avait pas de convictions à défendre – elle était ouverte et l'avait toujours été.

LES CARNETS **Était-elle en contact avec d'autres spécialistes éminents ?**

ÉLIANE W. Elle était amie avec Elizabeth Kübler, la psychiatre des mourants ; elle correspondait avec elle. Je n'ai jamais retrouvé les lettres, hélas ! mais elle était bien consciente du fait que certains cas résistent aux analyses les plus rigoureuses.

LES CARNETS **Le père Neri semble également s'être penché avec assiduité sur le dossier des *nephilim*. Je n'ai pas le sentiment que le sujet passionnait votre tante.**

ÉLIANE W. Les *nephilim* sont censés avoir vécu parmi nous. La Bible l'affirme : « Les *nephilim* vivaient sur terre en ce temps-là (et aussi par la suite) quand les fils de Dieu s'unissaient aux filles des hommes et qu'elles leur donnaient des enfants. » Or il n'existe aucune trace de ces soi-disant géants, où que ce soit.

LES CARNETS **Votre tante n'y croyait absolument pas.**

ÉLIANE W. Elle ne critiquait pas l'idée, qui fut l'objet de nombreuses discussions avec le père Neri. Mais, pour elle, « l'affaire Marie » relevait d'un tout autre niveau : peut-être, à la rigueur, voulait-elle bien considérer la possibilité d'une insémination, par le truchement d'une sorte d'induction spirituelle. De là à établir un lien entre le Christ et les *nephilim*…

LES CARNETS **Que serait Marie, alors ?**

ÉLIANE W. Une création des anges abstraits, une expérience à grande échelle. La tentative – réussie – de faire éclore une religion.

LES CARNETS **Neri en était venu à considérer les anges comme des êtres néfastes.**

ÉLIANE W. Un cas classique de névrose paranoïde. Et pourtant. Tout cela, lorsqu'on y réfléchit un peu, est effectivement très angoissant. Mais les anges abstraits ne nous prêtent pas une attention directe, je vous l'affirme. Ils nous considèrent comme une masse. Songez à la parabole des amibes. Les anges ont des projets pour nous. Ma tante rejoignait Neri lorsqu'il rejetait l'idée de Dieu au sens religieux du terme. Il n'empêche : ces projets angéliques, ces mouvements, cette dynamique tendent tout de même vers un but, un dessein global – une manière d'incorporation.

LES CARNETS **Croyez-vous, à l'instar du père Neri, en une apocalypse, une révélation, une fin du monde ?**

ÉLIANE W. Je rejoins en partie ses théories quant à la fin *du* temps : les anges possèdent certainement des capacités que nos cerveaux sont incapables d'appréhender, prisonniers qu'ils sont d'un schéma linéaire – des capacités relatives au temps, à sa perception, à son existence même. L'Apocalypse biblique se prête à une multitude d'interprétations, mais divers commentateurs chrétiens modernes considèrent que les thèses historique et futuriste sont toutes deux valables. Autrement dit, la qualité prophétique du texte ne saurait être remise en cause, pour le croyant s'entend. La Jérusalem d'en haut

descend du ciel, prend la place de notre monde et Dieu réside en ses murs. Tout cela va dans le sens d'une dissolution. Le plan des anges se superpose au nôtre, nous devenons comme eux et nous cessons d'exister.

LES CARNETS **C'est une vision qui va largement à l'encontre de celles qui nous présentent les anges gardiens comme des protecteurs personnalisés, des gardes du corps attentifs à notre intégrité physique et morale.**

ÉLIANE W. Vous avez raison. Ce qui nous attend, si quoi que ce soit nous attend, n'est pas ce que nous croyons. Si les anges sont des messagers, leur vrai message est celui-ci : le monde est autre, le monde est ailleurs. Votre vie est une parenthèse, une projection en trois dimensions reflétant la réalité d'un système beaucoup plus vaste. On peut être effrayé par cette réalité, terrorisé même, comme l'était le père Neri ou un écrivain tel que Lovecraft qui, à sa façon très imagée, rendait compte de la petitesse de l'humain et de son insignifiance. Ou bien on peut choisir d'embrasser l'autre monde en connaissance de cause. Il serait étrange, alors, que les anges ne finissent pas par se manifester.

COLLECTION

LES CARNETS DE L'ÉTRANGE

Également disponible

Enquête sur les vampires

de Fabrice Colin et Jérôme Noirez

ENQUÊTE SUR LES

Anges

de Fabrice Colin et Jérôme Noirez

Direction artistique : François Plassat / Nuit de Chine
assisté de Jean-François Laidi

Une marque de La Martinière Groupe
www.lamartinieregroupe.com
Imprimé en Chine en janvier 2011
Dépot légal : mars 2011